U0134288

這是戰爭

（這是一女一男的故事，女的叫阮升，男的叫田大壯，其餘一些閒雜人等，都是催化劑，帶領推動情節。都說，一女一男的故事變化不大，結局不是結合，就是分手。他們兩人，是悲劇還是喜劇？請看下去。）

阮母本來不願拿款子出來供阮升讀大學。

「那是一筆大數目。」

阮升僵着面孔大氣不敢透一口。

阮母如此揶揄：「阿升你真把賠錢貨三字提升到另一境界。」

「本地大學讀了尚不夠，還要到外國再讀？你以為廿一世紀就會看得起有學問的老姑婆？何不腳踏實地找份工作，物色對象，邁出人生第二步。」

阮升不敢抗辯。

阮升仍然站着。

「你父親怎麼說。」

阮升不能作答。

「他一定說，當日離婚，一籃子贍養費統統已付清，包括你的教育費生活費可是，但是我沒料到你到廿一歲還要吃家裏，我還得留些老本度晚年呢。」

阮升雙耳發燙。

「我只能再付你這個數目，」阮母在紙上寫一個數字，「我對你仁盡義至，我不望你反哺，爭氣一點，腦子要清醒，千萬別帶一個便宜女婿回來，還有，切勿懷孕，我不喜歡人家叫我阿婆，叫老了我。」

「謝謝母親。」

阮母揮揮手。

支票上只是一年學費及生活開銷，餘者，得阮升想辦法。

阮升離開家門，到今日，十年過去，她一想起，耳朵仍然麻辣。

牌友得知，這樣說：「你也太兇了一點。」

阮母說：「別惹我，我在氣頭上。我原不盼此女光宗耀祖，可是，也沒想到她沒出息到這個地步。」

「還是那個男朋友？」

「不就是那田大壯，在班上認識了阿升，就纏住不放，精刮之極，欺負她蠢，吃一碗麵都五五分賬，唬她往冰天雪地加國留學，佔她便宜，揩她油，叫她出兩份飛機票，結果來回變單程，我這女兒一去不返。」

「那還了得。」

「氣死我了，碰！一隻紅中。」

阮升也知不妥。

那田大壯太過精明。

到達加國安省一個叫滑鐵盧的城市，他一早考到獎學金，便着阮升出錢租小公寓，又十分老馬識途的樣子，帶她到舊貨市場買幾件二手傢具。

阮升躊躇，「二手床，不大好吧。」

大壯這樣回答：「身外物耳，我的心可不是二手貨。」

阮升不出聲，算了，不要計較。

就這樣半安頓下來。

阮升找到一份工作，叫作永久臨時工，老闆毋須付任何福利醫療，按時付費，已對阮升很好，她並非永久居民，也付足薪酬，不當黑工，皆因她中英文流

利。

日出是間推銷公司：客戶送上已註冊的新設計商品，他們負責包裝介紹給商家，賺取佣金。

因二人之家需要開銷，阮升犧牲學業，賺取薪水。

大壯出門上課之前，一定愉快大聲問：「今晚吃什麼？」

因為他那樣開心，阮升也跟着高興起來，不以為苦。

初雪，一夜落了整呎，阮升穿着靴子出門，小心翼翼，步步為營，腳底一滑，還是摔個四腳朝天，尷尬到極點，忽然想哭。

這時，在附近等校車約十一二歲的幾個孩子忽然奔近，大大藍眼睛看牢她，伸出手臂攙扶，「女士，你沒事吧，可有受傷？」

阮升順過氣，忽然覺得人間溫暖。

他們讓她站好，才上校車。

那天，她做事特別用心，好像沒來錯地方。

同事莉莉開口問她，「阿升，新年長假可回家？」

阮升搖頭，「我答應老闆加班。」

「嘩，如此勤工，華裔真可怕。」

回家。

阮升忽然想起，一次，放學回家，肚餓，想充飢，看到廚房案頭有一罐金寶雜菜湯，她開了煮熱吃。

阮母一直坐一旁，待她吃完，忽然長長吐出一口氣，像是災難臨頭，怨盡怨極那樣緩緩絕望地說：「唉，一罐罐頭你都不放過，你定要敗了這頭家才安樂，你一定要吃掉我這罐湯你才睡得着。」

回家。

真的為着一個罐頭？並不，她覺得有人侮辱她，她也非得羞辱一個人出氣，她選擇踩低親女，一個不能反抗的人。

這種故事，編都編不出來。

小公司，老闆劉才即上司，找她說話。
「阿升，這是奧米茄公司設計的電暖背心樣版、圖解及說明書。」
「我知，最適合極北嚴寒採礦公司工人穿着，可是——」
「可是幾間礦務公司都嫌貴，不願投資。」
「也許，該向體育用品公司下手。」
「他們不感興趣，滑雪溜冰人士可不覺冷。」
同事進來，「我查到華北礦業主管是華裔，多番聯絡，他們只是沒有興趣。」
「把樣版送一份去。」
「老闆，你桌上就是他們退回貨品，拆都不拆。」
上司捧着頭，「做生意為何如此艱苦。」
下屬笑不出。
阮升說：「讓我親身送上門去。」

「你就別吃這閉門羹了。」

「程門立雪也是有的，我不怕，我臉皮厚。」

「這發熱背心創始人是一群學生，在家中車房研發，把所有零用錢都丟進，我們只抽五巴仙佣金，根本像白做一樣，還處處碰壁。」

阮升再說：「我去。」

同事說：「預約那叫王興的主管，要等一個月之後。」

「我這就上門。」

「阮小姐，大雪。」

真悲壯。

鵝毛般大雪靜靜飄下，路上肅靜，咖啡館裏擠滿提早下班年輕男女，霧氣瀰漫。

華北礦務就在附近，阮升朝他們那邊走去。

她同自己說：像不像林沖雪夜上梁山，這是《水滸傳》中她最喜歡一章，充滿不能回頭的悲情。

接待人員已經離去，她不管生熟，走進華北公司。

秘書出來擋駕，「你是何人？可有預約？」

「我見王興先生。」

「王先生今午約會因大雪已全部取消，你是哪間公司？」

「我沒有預約。」

「小姐，天氣欠佳，我們提早休息。」

「王先生在嗎？我只要五分鐘。」

她遞上名片。

「小姐，你是哪間公司？你怎麼不懂規矩？」

阮升微笑，她肩上還有雪片尚未融化，「我知乞求是叫人難堪的事，請助手小姐給個方便。」

秘書為難，人心肉做，如有選擇，誰會大雪紛飛跑來兜售貨品，大家都是女人……

剛好這時私人辦公室門打開，一個年輕人走出。

一邊穿大衣，一邊說：「瑪茜你也下班吧，明天見。」

瑪茜走近，「這位小姐要求五分鐘。」

年輕人答：「今天不巧，改天再約。」

阮升連忙追上，「我代表奧米茄電子暖背心。」

他一邊走到升降機前按鈕，一邊說：「我知道那設計，沒有興趣。」

他進升降機，她也跟着。

他抬頭看天花板，不予理睬。

阮升輕輕站他身後陳述那項發明的優點。

他不禁微笑。

一出電梯，暗呼不妙，氣象台說：這樣大雪，叫做「全白」，三公尺外看不到景象。

他在行人道等車。

那女子站他身邊，看到如此景象，也呆住。

他忍不住問：「你可有車？」

阮升搖頭。

「你怎樣回去？」

她勇敢回答：「走路。」

這時秘書致電王興：「王先生，司機說要遲一會，你且回辦公室喝杯熱可可。」

王興往大廈裏邊走，阮升走投無路，也退到室內。

「咦，你怎麼老跟着我？」

秘書見了也覺好笑，這麼夠韌力。

她說：「阮小姐，你還沒走，脫下外套，我替你烘一烘。」

王興這時上下打量她仔細，「你從哪裏來，上海還是北京？」

「雍市。」

「雍市，」他意外，「雍市有你這樣死纏爛打女子！」

阮升不慌不忙喝一口熱飲，緩緩吐口氣，「就我一人無賴，雍市其餘女性，全高貴斯文，彬彬有禮。」

那王興知道把話說重，一時噤聲。

秘書瑪茜說：「怪不得英語這樣好，先吃塊蛋糕。」

「我告辭了，對不起打擾你們。」

「阮小姐吃了點心才走，司機就要來。」

王興索性批閱文件。

秘書說：「你那份資料，我一定叫他拆閱。」

好人比壞人多。

大雪稍停，阮升只在電影或新聞中才見過如此大雪，抬頭欣賞。

忽然身後有人說：「送你一程。」

轉頭一看，是王興。

這時，司機駛着一部坦克似吉甫車停下。

「上車吧。」

這時阮升的上司也急發短訊：「阿升，大雪，你在何處？還不回來。」

阮升回答：「沒事，就回。」

王興緩緩問：「電背心公司究竟想怎樣？」

啊，機會終於來了。

「十萬美元創辦費，換出百分三十股份。」

他想一想，「百分之三十五。」

「我與他們說。」

「他們應當向長者推銷該項產品。」

「華北礦務運輸車大量聘請中年女司機，戶外生活艱苦，攝氏零下三十度用得着該項產品。」

「你很清楚本公司業務。」
阮升微笑。
王興再次打量阮升，「你傳一份履歷給我。」
阮升納罕，「我不是應徵工作。」
「華北卻需要人才。」
「是，是。」
她在公司樓下下車。
劉才緊張，「去了那麼久，我與莉莉如熱鍋螞蟻，幸好安全回來。」
雪停，白澄澄耀眼。
阮升並不邀功，只說：「推銷成功。」
劉才說：「同那班科研學生說：佣金增一個巴仙，那是你阮升的獎金。」
莉莉說：「此事吃力，很難羨慕。」
阮升把那組學生約出會面，一看，駭笑，一共五人，看上去只有十多歲，似中學生，華裔便是佔這便宜，外表總比真實年齡嫩水。

呵，阮升想，自己已是大姐了。

他們也「姐姐這樣姐姐那樣」稱呼，但說到底，不願拿出三十五巴仙。

阮升說：「我們是推廣公司，不是討價還價高手。」

「拜託姐姐。」

「對於暖背心設計，我倒是有點意見。」

「請多多指教。」

「華人一向有馬甲、坎肩、背心這種小小件精緻衣物，保護身體，去到最簡潔，叫護心鏡，只保護身體最重要部位。你們設計，卻大大件，長度在腰下，人體腹腰最富脂肪，毋須電暖，背與心已足夠，小小長方形，對摺，留頸位，兩邊用膠貼結住即可。成人中與大兩個尺寸，小童一個尺碼。還有，用的是鋰電池，有欠安全，可作改良。貴組織名奧米茄，拗口，平凡，太洋化，不如叫暖烘烘之類親民。」

一下子那麼多意見，年輕人咕咕笑，「回去慢慢想想，多謝賜教。」

阮升招呼他們吃茶點，「你們畢業沒有。」

「我決定不再升學」，「我會讀完學士」，「我在躊躇」，「我如不讀畢學士，父母會殺死我」，「這叫榮譽殺人，哈哈哈」，「姐姐有無發覺，近年學術與生活遠遠脫節，科目越創越多，連養豬都要考文憑。還有，英國一間大學有科目專門研究中世紀離婚官司，當然有趣，可是，於民生何益。」

阮升笑不可抑。

「我家表妹讀天文物理，本想到阿泰卡馬天文台工作，沒擠進去，此刻在紐約華埠開手作麵包店，顧客清晨六時便在店門排隊。」

「阮姐，你在校唸什麼？」

她沒有回答，再聯絡王興，他已往上海，只得把新設計交王助手瑪茜。

瑪茜拆開包裹，「唷，這才是正路」，她把紅色小馬甲穿上，剛好護住背與心，讚不絕口，「像時裝一樣」，阮升就是想聽到這一句。

「售價太貴一點，兩百多美元。」

「由公司當制服發送，背上添華北礦業標誌字樣，多好。」

「我與王先生講。」

「我還有其他工作，告辭了。」

上司把獎金付給她。

阮升想等到夏季與大壯往南歐度假，但就在那天，下班回家，看到小客廳內停着一輛中型哈利戴維生機車。

「這是什麼？」

大壯笑嘻嘻走出，「這是愛人你送我的生日禮物。」

阮升瞠目，她幾時答允這樣的生日禮物。

「當然，」大壯英俊的面孔趨近阮升，「還欠一個吻。」

接着，他介紹該輛機車的性能，功用，說得天花亂墜，「我每天載你上班，放假一起往郊外，兩人穿一式皮夾克。」……

最終，阮升自袋中掏出那張銀行本票，交到大壯手，大壯驚喜，「剛剛好。」

就這樣，阮升漸漸變為一家之主。

她輕輕問大壯，「你幾時長大？何時畢業？」

「還有一年，我打算到酒吧學藝，資助那兩萬元學費。」

「酒吧人雜。」

「學府、商場、球場、街道，無處不雜，你再保護我，我永遠長不大。」

「小心駕駛。」

再笨的女人也看出，田大壯是一個包袱，阮升心底下把他形容為後頸下左側一顆良性大痣，揹着就揹着吧，只怕他還未必長遠願意，一下子滑落，不知去了何處。

大壯高興，深深親吻阮升手心，一直吻到肩上，忽然問：「你這件背心暖洋洋，穿着坐機車最妥。」

阮升脫下送他。

凡是可以付出的，都已全部付出。

天氣稍暖，看到大壯的機車停門口，他站着與幾個黃髮女聊天嘻笑。

阮升不去招呼，自管自掏出門匙開門。

不料大壯高聲說：「我的未婚妻回來了，不與你們說啦。」

阮升一聽，不覺好笑。他總算還知道輕重。

她吁出一口氣，走進屋內，他讓她坐下，奉上一杯香片，阮升原以為他會問：「今晚吃什麼」，但是沒有，他一膝蹲下半跪，「阮升女王，你願意嫁給我田大壯否。」

阮升一怔。

同居兩年，終於求婚。

這還算叫運氣好的呢，她有女友，與人同居兩年，不過暗示數句，那人竟說：「你不過是想我與你結婚」，女方當然立刻收拾雜物搬出。

這時大壯掏出小小盒子打開，裏邊一枚指環，非金非銀，十分別致。

「願意嗎？」他等急了。

「願意。」

大壯替她套上指環，「我就知道，這世上，沒有人會愛我，比你更多。」

阮升想說：慢着，小壯子，我也自愛，不自愛，怎麼愛人，可是她沒說出口。

他興致勃勃說下去：「這兩枚指環，我自網上拍買所得，情人們在巴黎愛河橋圍欄鐵絲網鎖上無數小掛鎖，象徵雙方愛情堅固，直至欄杆不勝負荷壓塌，市府當廢金屬賣給商人，商人動腦筋把它們熔掉鑄成指環出售。」

什麼，阮升啼笑皆非，不就是爛銅爛鐵嗎。

但大壯想法不同，「這麼多愛侶的情鎖，鑄成指環，等於得到他們祝福。」

阮升只得微笑。

兩人喝廉價葡萄汽酒慶祝，開着電話音樂，翩翩起舞，奇怪，因為年輕，因為被愛，不是不快樂的。

他倆登記結婚。

劉才及莉莉任證人。

莉莉說：「那田先生有一雙會笑的眼睛。」

劉才說：「他媽把他生得漂亮。」

「好像不大靠得住的樣子。」

「希望他畢了業發了財珍惜阿升。」

莉莉哼一聲。

「你會像阮升那樣資助男伴升學否。」

莉莉又哼一聲。

婚後大壯生活更加倚賴。

畢業那天，阮升以家長那樣心情參觀畢業禮。

她感動含淚。

大壯雖然不經意，未有奮鬥，卻輕鬆灑脱漂亮完成人生兩件大事，成績斐然。

他寫了許多求職信，置了新西服面試，大半年，沒有下落，也不着急，他說：「我對辦公室生活實在不感興趣。」

阮升想說：我亦沒愛上白領生活，可是——她沒出聲。

大壯這時一星期七晚都在酒吧工作。

那間酒吧，叫黑天鵝。

他似乎喜歡那份職業。

白天可以睡得比較晚，漸漸也幫着妻子打理家務，像把髒衣物自動放洗衣機洗淨之類。

一日，阮升下班回家，他居然做了肉醬意大利麵，晚餐後，他叫妻子坐他膝上，遞上一枚信封，「這是家用。」

阮升雙手顫抖接過信封，打開一看，可不是一疊百元鈔票，數目不少，約三千餘元。

阮升感動，實在沒想到多年投資居然有回報，淚盈於睫。

大壯說：「我在想，這是你升學的時候了，我供你學費，我先找律師申請入籍，你跟着一起。」

原先阮升以為大壯毫無計劃歡天喜地從一天活到另一天，沒料到他有計劃。

她怔怔一時不知如何回應。

「你看你，一點打算也無，好像你我二人在一起已經心滿意足。」

倒是大壯先投訴她，阮升不禁笑出聲。

她轉運了。

至少她以為她已轉運。

酒吧工作收入頗豐，大壯再也不想幹白領刻板工作。

加國不是沒有勢利眼光，但如果不夠含蓄，會遭人非議，故此白領藍領，和平共處。

阮升偷偷到過黑天鵝，一進門，只覺裝潢艷麗：黑色琉璃吊燈、鮮紅座椅，人山人海。

大壯站在酒吧後邊主持大局，前頭圍滿女顧客，他滿面笑容調酒，瓶子在他豐厚肩膀上滾來滾去，半晌才落在手掌，眾人歡呼。

忽然大壯脫下身上黑色背心，露出六塊腹肌以及叫做阿波羅腰帶的V形下腹線，女酒客尖叫。

阮升驚訝，這些日子，她一定忙昏了。原來丈夫身段在燈下如此好看。

更瘋狂的事發生了，意不在酒的女客擲上胸衣，大壯接過，丟上杯架，就那樣掛着，剎時間嫣紅姹紫，滿目琳瑯。

阮升看夠，轉頭離去。

女招待朝她睞眼。

「不認同？」她問。

阮升不出聲。

「大壯總叫她們瘋狂。」

怪不得嫌白領枯燥。

「警方不干涉?」

「並無違法,正當營業。」

阮升靜靜回家。

一字不提。

自此大壯每月付阮升生活費,他順利辦妥移民手續,夫妻生活上軌道。

他找到面積較大公寓,由一間糖廠改建,空氣中似仍然散發清甜氣息。置下全新傢具,全以舊木改製,比舊傢具還要破,阮升看到哈哈大笑。

更叫阮升驚喜的是,大壯居然付得起十巴仙首期,房契寫阮升一人名字。

「不行,一定要兩人。」

「是你的就是你的。」

叫阮升還怎麼説呢。

那感覺像看到天際一輪明月往上升。

一日，在公司正忙，有陌生電話找她。

「是阮升小姐？我是殷律師，有事找你，可否到敝辦公室會面？」

「什麼事？」

「關於令尊遺囑的事。」

「我令尊？」

「即你的父親。」

阮升一時未能把律師所說字眼句子聯繫起來，怔住。

「阮小姐？」

「遺囑？」

對方忽然醒悟，「阮小姐，你尚未知悉令尊辭世消息。」

「不，我不知道，幾時的事。」

忽然像頭頂給重物擊中，又痛又麻，暈眩一下。

「去年一月五日。」

阮升吐出一口濁氣。

過一會她說：「他一早離開我，不知有什麼遺囑。」

「是一筆頗可觀現款，還有幾句話，明早十時，可以來一趟嗎？」

「我會準時。」

同事莉莉看到她臉色煞白，「你不舒服？」

阮升隔一會才說：「讓老闆多請一個人，做壞我們了。」

「但，獎金亦由我們兩人分。」

走到大堂，看到兩個英俊年輕男子坐着等人。

這是等誰？

兩個男子站起，啊，站立比坐着還要漂亮。

「阮姐可是，我們由瑪茜介紹來。」

瑪茜？「何事？」

他倆放下名片，「阮姐，我倆是平面與立體模特兒，希望阮姐做我們中介。」

阮升一怔，「兩位攪錯了，我們只推介貨品，我們不做人口販賣。」

年輕人笑出聲，「我們也是商品，任何時段任何場合，不論性質，我們任憑安排，我們都有大學文憑，人品端莊，無不良嗜好。」

阮升呆住，坐在椅上。

「這是我倆履歷近照，請多多指正。」

阮升不知說什麼才好。

「阮姐，你時間寶貴，我們先走，隨時聯絡。」

人口也是貨品。

名片上印着：時薪八十元，兩小時起計。

莉莉說：「噫，每週工作三十小時，已勝銀行白領。」

「像不像賣身。」

「我們都得賣身，有幾個貴冑可以做自身喜歡之事，想想多殘忍：一個年輕人，把一生最好時段，躲一個暗角辛勤工作，不過為着賺取生活費，唉。」

阮升如此回答：「但凡自食其力，心態平和，也不致為了錢去昧着良心顛倒黑白。」

莉莉手中有健康飲品推廣計劃，她說：「貨品針對年輕一群，十五——廿八歲，故想用動漫，畫出少男少女滑雪等青春活潑場面，豈知動畫社不稀罕這等短片，他們全體致力做電子遊戲設計。」

「那麼找真人好了，時薪八十元，叫那兩俊男穿泳褲滑雪，一旁襯搭比基尼美女。」

「哎呀，我立刻與客戶聯絡。」

阮升低頭忙自己工夫。

心中忐忑，始終不安。

半夜做夢，看到自己回到故居，父親隱約坐在老沙發上，不聲不響，衣衫破舊，頗久沒有梳洗樣子。噩夢已嚇不倒阮升，她知道一切是幻覺，只想掙扎醒轉脱離夢境，父親早已發達，早已丟棄她。

不料父親站起，朝她走近，她聞到臭味，他對她笑，異味自嘴中散出，參差牙齒一些脱落一些墨黑，她害怕退後，只聽到他的聲音：「你生活沒有問題了吧」，他嘴中飛出了一群蒼蠅，她退無可退，咚一聲滾下床，跌得肩膀疼痛。一頭冷汗。

吵醒大壯，他一聲不響，下床抱起妻子，緊緊摟住，「我愛你」，他呢喃，很快又回夢鄉。

阮升抱着大壯強健身軀入睡，結婚，還需要第二個理由嗎。

清晨，她起床梳洗妥當出門見殷律師。

被窩暖烘烘，大壯呼呼扯鼾，真想摟着他多睡一覺。

殷律師是中年女子，年輕時努力，此刻是收穫期，氣定神閒，打扮考究。

「請坐，阮小姐，頭一件事：令尊留給你一百萬美元，這是道明銀行本票，已向銀行證明款項來源。」

阮升發獃，這是一筆橫財。

「阮先生說，希望你好好利用遺產，用來升學，或是做小生意。他又說，生命中許多事不由一個人控制，將來你也許會明白。」

話已說完。

阮升仍然呆坐。

助手拿一杯咖啡給她。

「阮小姐與父親多久沒見面。」

阮升輕輕答：「記憶中我從未見過他，多年銷聲匿跡，今朝高調登場，多年人走茶涼，今朝表示關懷。」

「遲到總比不到好。」

阮升吐一口氣，「您說得對。」

「祝你幸運。」

阮升忽然想起：「家母呢，他留什麼給我母親。」

殷律師一怔，「我只代表你阮小姐。」

已經多年沒與母親聯絡。

她害怕母親又一次羞辱她，像「窮鬼，窮命」這種詛咒，恨她沒帶財富到家。

此刻，是否應該與她聯絡，阮升要再想一想。

她再三向殷律師道謝。

順路她把本票存入銀行，櫃枱服務員笑說：「原來天下真有百萬元支票。」

父親終於想到她。

這筆款子，用來防身，可救賤命，還有，財不可露帛。

這下子，真可以考慮辭職，三年來在小小辦公室為三斗米，抑或是五斗米折腰，今日，可以深呼吸一下，天大地大，鬆口氣。

阮升忽然落淚。

回到公司，莉莉一看，「唷，昨日臉色煞白，今日死灰，發生什麼事，可是要離婚。」

「你胡說八道。」

「對不起對不起。」

「我想升學。」

老闆劉才聽到，叫救命：「離開學校那麼久，還讀什麼讀！別告訴我你要回大學研究兩棲彈塗魚是否人類祖先。」

莉莉笑得打跌。

「社會需要實幹實做的年輕人，只會讀書有什麼用，個個是清高大學生，沒有人會燒開水！」

他一直嘮叨。

莉莉悄悄問：「阿升，你不是真要走吧，劉才待我倆不薄。」

阮升不出聲。

下班，一打開家門就有撲鼻肉香。

她驚喜，「大壯你做什麼菜。」

「紅酒雜菜燜牛尾。」

「這菜難做。」

「你嚐嚐，我請教大師傅，得其真傳。」

阮升高興起來。

想把得到遺產消息告訴大壯，又忍住。

「你來過黑天鵝可是。」

阮升點頭。

「好像不大高興。」

「並非正經行業。」

「社會並不需要那麼多小學教師或是教會牧師。」

阮升說：「你手勢越來越好，這牛尾美味。」

「我知道你在想什麼，田太太，你的意思是，難道田大壯到了三十多變田老壯了，仍然站酒吧賣弄風情。」

「我可沒那樣說過。」

「所以，不如做老闆，酒吧生意這樣好，來龍去脈我已摸熟，黑天鵝東主恩格斯有意退休，酒吧頂讓，只需一筆款子，我便可以升格。」

他這是與她商量？

阮升詫異：「你打算賣掉妻子籌款？」

「把公寓抵押掉你可同意。」

「黑天鵝索價多少。」

「三十萬。」

「可以還價否？」

「我與恩格斯認識多年，知他性格，他不會漫天討價，他年老退休回英國，我也不好還價，打聽過此價公道。」

阮升不出聲，大壯待人，始終有一份厚道。

「裝修頗舊了。」

「人客坐得舒服就好。」

「你是決定了。」

大壯搔頭，「你知我不會再去求職面試，總得為將來打算，恩格斯說，他年輕時何嘗不是英俊小生，晚晚有一群女客等他打烊，誰知，一覺睡醒，已經五十出頭，他說，不久之前，他還在譏笑那些半世紀老人不知退休。」

阮升握着大壯的手。

「你答應了？我明天去找銀行經理，酒吧，寫你名字。」

「大壯，那應該是你物業。」

他又是那句話：「是你的就該是你的。」

阮升一夜不寐。

田大壯把未付清款項的公寓拿去二按，放到酒吧上，萬一生意失敗，兩夫妻就得睡到街上。可是，阮升能說「只怕生意失敗」嗎，如此潑他冷水，恐怕婚姻難保，只得無限量支持。

男人是奇怪動物，沒有幾個肯安份守己過日子，總得蠢蠢欲動搞作，酒色財氣，總有一樣嗜好。

阮升捏一把冷汗。

幸虧她得到一筆遺產，總算睡得着。

銀行經理這樣說：「阮小姐，你那間公寓的確漲價，但按不到三十萬，不過你有一筆存款在此，收利息一年才0.4厘，不如這樣：用現款把房款付清，此刻房產估價每年漲上5％呢。」

阮升微笑，「我都不懂。」

經理說：「有我們呢，不懂更好，」他感喟，「如今市道凶險，穩紮穩打為上。」

阮升決定付清兩邊款項。

那亦師亦友的上司劉才知道阮升創業，「她竟如此大膽，據可靠統計，新成立生意成功率只得3%。」

莉莉說：「不是她的主意。」

「是那姓田的小子。」

「不就是他，阿升迷得他死脫，皮都剝給他。」

「他倆結婚多久？」

「也年多了，已是奇蹟，當初連她自己都不看好。」

「這樣一面倒犧牲有什麼意思。」

莉莉卻說：「人家有人家的樂趣，你怎會知道。」

「她可有再說辭職？」

可是，阮升再也沒提離職之事。

劉才也知道該怎麼做，他升兩個女助手為合夥人，莉莉比阿升先到，年資高，多些股份。

名片印出，阮升撫摸微凸字樣，呵，合夥人，她捱出頭有自家事業了。過片刻她把名片貼臉頰溫存。

劉才看到，知道阮升已消除去意，他咳嗽一聲，「怎麼，不用做嗎。」

公司請多兩個小女孩做助手，劉才如入眾香國。

阮升告假一星期回鄉。

「你多久沒回家？」

「三年。」

「衣錦回鄉。」

「哪有你說得那麼好。」

大壯說：「田太太，我陪你。」

「你要顧生意，哪裏走得開。」

「東家走不開的店鋪不是上軌道生意。」

「我回去見家母。」

「啊，她一直不喜歡我。」

「你就免得看她那哼哼唧唧愛理不理的面色了。」

「一個長輩的表情如此難看，倒也難得。」

阮升只帶一個小篋出門。

大壯送她到飛機場，「愛人，你要準時回家。」

阮升被他逗笑。

與大壯在一起的時刻，總是開心。

阮升訂了旅館住。

她打電話到娘家，正是母親聲音。

她叫一聲「媽媽，我是阿升。」

她一怔，「呵，你回來了嗎。」

「可方便我來探訪？」

阮母這樣答：「你要來儘管來，可是我得先告訴你，你若有任何難題，我不會出錢出力，知道沒有。」

「明白，我沒有企圖，也沒有目的。」

「這是你自己說的，是真的才好。」

阮升帶着豐富糕點水果以及數件金飾上門。

門一打開，阮升慶幸母親身體健康，樣子也無大改，只是屋裏多許多雜物。

她瞄了瞄禮物，「在外國多年，可有落籍？」

「有。」

「外國環境可適合長者？」

阮升連忙回答：「兩個世界，老人無法磨合。」

「可有自置房產，一間還是兩間？」

「自住。」

「多大？幾房幾廳，什麼尺數，可有付清房價，買時多少，現值多少？」

母親一點也沒有變。

阮母忽然問：「我一旦西去，你怎麼辦？」

阮升沒聽明白，怎麼辦？還不是照樣吃力的生活下去。

她自手袋取出一張銀行本票，「母親，當年我借你一筆款子——」

「可有算利息，我要三厘。」

「我照五厘算。」

阮母以飛快手法嗖一聲取過，她說：「你賺得更多呢。」

阮升已經無話可說。

「你父辭世你可知道。」

通訊已如此方便，母女卻如住在上兩個世紀兩個星球。

「最近方知。」

「我還是由他現妻知會。」

阮升不出聲。

「他一了百了，那邊留下兩個女孩。」

阮升忍不住，「媽，你也有一個女兒。」

阮母像是驟然想起，「是呀，」她語氣不悅。

「我也有一個女兒。」指她女兒根本不合格。

阮升坐不下去，放下名片，起立告辭。

阮母並無留她吃飯。

什麼都講緣分，不可勉強。

留下的假期，她到雍市及上海各酒吧觀察，意料之中，一絲也不落後，只有更加精彩，氣氛相當開放，不止三五名男生輕輕問：「小姐，一個人？我請你喝一杯，這裏的莫希多十分到家……」

阮升乘機做調查：「一星期來幾次，可是因為寂寞，為什麼不找女朋友？」

男客頗坦白，「約會？怕被拒絕，這裏好，是就是，不是就不是，爽快。」

阮升從未聽過比這更悲哀事情，花這麼多錢，用如此多時間，得到的，只是些少臨時溫暖。

男子想握她的手。

她讓他看指環，「我已婚。」

男生識趣。

阮升倒請他喝酒。

天下烏鴉一樣黑，到處酒吧一般情。

最後一天，阮升到玉器市場挑幾件可愛仿真首飾，帶回做手信。

忽然心血來潮，找到父親生前的地址去。

沒想到是山上一幢獨立小洋房，這樣住宅，在雍市可說價值連城。

她吩咐計程車司機在街角等一會。

阮升不會上前招呼、按鈴、說話，那叫纏擾，屋主隨時可以報警。

在遠處觀望已屬不當，她知道，但不來也來了，五分鐘後，她責備自己：阮升你的自尊呢，剛要叫司機駛離，一輛大房車駛近，有人下車。

是三個女子，穿着考究素服，高雅協調。

其中一個吩咐司機數句，屋內女傭出來幫忙拿各種袋子。

這是阮升先父的後妻與兩個女兒。

竟生活得如此豐裕。

這時，那一百萬元遺產，實在算滄海一粟，根本不算得什麼了。

但，有總比沒有好。

已經為她解決一個大問題。

三個女子輕笑着進屋，並不見特別悲切。

阮升，你哀傷否，也不。

看到了，收穫不淺，她同司機說：「請駛回酒店。」

然後，乘飛機回家。

大壯在酒吧，聽到她聲音，「我馬上來接。」

「不必，已在回家途中。」

「我到家與你匯合。」

「你工作要緊，我也得回公司，今晚見。」

阮升回家。

家居相當整齊，但阮升略覺不妥：傘拿出擱在玄關，大壯幾時會用傘？機車擦得雪亮，沒有痕跡就是端倪。

她斟一杯茶喝，發現一盒茶包香得奇異，它叫「熱情花」。

阮升開熱水淋浴，更衣，帶着禮物出門。

先到華北礦業，瑪茜迎出，「王先生在內蒙。」

「我找你。」

她讓瑪茜看手信，那是一副秋海棠葉狀翡翠耳環，碧綠透光可愛，瑪茜愛不釋手。

「襯你雪白皮膚多麼好看。」

「太名貴了。」

「不妨，這是假的真貨，真的假貨。」

瑪茜一怔，哈哈大笑，「漂亮就行。」

阮升又回自己公司，見到莉莉，比親人還親。

她取出玉墜子，是一隻豐潤豆莢，莉莉讚不絕口。

「怎麼過海關。」

「專人一看就知是最上等入色貨品。」

她們喝茶吃蛋糕。

「忙嗎。」

「還好，上了軌道，都說我們聲譽佳，顧客至上，你呢，旅程可愉快。」

阮升感喟，「都中秋了，如今世道已慣，快樂與悲哀，都沖淡大半。」

莉莉也感觸，不出聲。

「找到對象沒有？」

莉莉說：「別說找了，帶我上你那間酒吧觀光。」

阮升有時間，正好是歡樂時光。

兩女乘車到黑天鵝。

整個地庫擠滿人，還有客人要搶進，保鏢勸：「先生小姐，原諒則個，消防規例，超過人數要封店。」苦苦哀求。

莉莉瞠目，「竟有這樣好生意！」

阮升與她側身而進。

「她倆怎可進去？」客人鼓噪，「他們不怕火災？」

眾客照例圍住酒櫃，大壯光着膀子正在表演扔樽特技，他笑意盈盈，腰身左擰右扭，引起瘋狂尖叫。

莉莉目瞪口呆，「你的男人怎麼越來越好看。」

阮升看的不是他，而是他的對手。

酒櫃後多了一個女助手。

那年輕女子一頭長直髮，丹鳳眼，她並不算美得咚一聲，但小嘴腫起，誘惑非常，衣着並不暴露，密實穿一套男裝小禮服，還戴着領花，她與大壯一人拋一人接，像玩雜技，配合得天衣無縫，那女郎漆黑烏亮頭髮甩來摔去，似一幅風景，阮升發呆。

才走開幾天，起了如此變化。

她深深吸口氣。

女郎把酒杯平衡肩上，斟滿，遞給男客。

她板着臉，像個瓷娃娃，皮膚白皙，只搽血紅唇膏。

莉莉喃喃：「妖異。」

這時大壯看到妻子，連忙穿上外衫，走到她們跟前，「老闆娘來了，你們都站着，還不快上來侍候。」

大壯坐在妻子身邊，撫摸她鬢腳，「想壞我了」，卜地一個響吻。

莉莉忽然明白為何阮升對此人死心塌地，是那股鍾情愛念，叫人着迷，阮升被愛，那是真正的男歡女愛。莉莉憧憬，那怕是一天半天，一年半載，也值得付出巨大代價。

她艷羨不已。

這時，那女助手托着六杯啤酒走過，大壯吹一下口哨，把她當小狗似，她放下啤酒，不以為忤，也沒有其他表情，走近。

大壯說：「這是我新聘助手阿姬。」

那阿姬朝兩名女客微微鞠躬，招呼過，然後再去工作。

阮升得體的說：「我們不妨礙你工作，待會家裏見。」

她與莉莉離去。

莉莉輕輕問：「你放心？」

「疑人勿用，他應知嚴禁黃賭毒。」

「真不容易，競爭這樣激烈的生意也做得起來，人又漂亮，阿升，這婚你結對了。」

阮升低頭，「不是你想像中那樣好。」

「嘿，好感恩了，短短三年，什麼都找到啦。」

那天晚上，大壯提早下班，一邊幫妻子揉肩膀一邊問家人可好，旅程可愉快等。

阮升終於問：「那阿姬什麼身份。」

「她出身雜技團家庭，曾祖在北京天橋賣藝，有點名氣，稍後祖父帶一家南遷雍市，成立武館，她在該處長大，學會一些技藝，沒想到移民後在酒吧派到用場，哈哈人生叵測。」

阮升點頭，「竟如此傳奇。」

「一日上班，她在門口等我，一言不發，表演傳遞啤酒瓶，那真是神乎其技，勝我十倍，我毫不猶疑把她留下工作，她不多話，但有問必答，一切身份證明文件屬實，你也看到，她受顧客歡迎。」

阮升又點頭。

「早點休息。」

他去淋浴。

阮升隔着玻璃門看他洗頭沖身。

蓮蓬頭水點下的大壯男性魅力洋溢，舉手投足，無比性感，他見妻子呆呆凝視，移開玻璃門，一手把她拉進，哈哈大笑。

阮升在水龍頭下緊緊抱緊丈夫，頭靠在他胸前，唉，夫復何求。

結婚三週年，大壯在黑天鵝設宴，吃最豪邁的海鮮餐：龍蝦大蟹丟進沸水，變色盛起，大盆大盆那樣抬到客人面前咚一聲放下，任吃，配香檳，大快朵頤。

每個人都讚不絕口：「好吃，好吃。」

阮升目光在人群中找阿姬，只見她忙着在廚房幫忙，站在大鍋邊，用力掰開大蟹，她雖嬌小，有點力氣，仍然穿着男裝小禮服，只不過多繫一條長圍裙。

阿姬腰身四肢柔軟，大動作十分好看，左挪右轉，全不費力。

喝得半醉，有人到台上唱歌，一看，竟是劉才，歌聲還不錯，他唱「把最後一舞留給我」，眾人紛紛起舞。

大壯找到妻子，把她擁進懷中，旋轉起舞。

「高興嗎。」

阮升落下淚。

如此歡愉，她心知肚明，必不能持久。

接近四週年之際，阮升發覺懷孕。

那天，她早睡，到半夜起床，胸口煩悶，嘔吐大作，她洗臉漱口，如此對腹中胎兒說：我明白，此時不攤牌，還待何時。

她披上浴衣，走出睡房，發覺大壯已經回轉，靜靜做賬。

看到妻子，他說：「怎麼起來了，我替你倒茶？」

這是他多年習慣，一定給阮升斟茶。

阮升喝一口，輕輕問：「你打算瞞我到幾時。」

他一怔，坐倒椅子上。

半晌才說：「我怎會妄想瞞得過你。」

阮升說：「這些日子，你累，我更累，像開頭那般情意，勢難持久，但是沒想到去得如此快。」

「一切同從前沒有兩樣。」

「做男人真好，他們是由衷少卻一條筋，覺得只要習慣動作做足，每晚回家睡覺，已可彌補一切。」

「對不起。」

「對不起，你踩到我？對不起，你排隊打尖？現在，你要我半條命，光說對不起？」

「我馬上叫她走。」

「來不及了，我足足給你一年時間，聽外邊說，你答應把酒吧分一半給她，酒吧不屬於你，記得嗎，『是你的就是你的』，酒吧寫阮升這個名字。」

大壯噤聲。

「你不是不精明的人，怎會作出這種承諾，不是你的東西，你如何給人。」

「我馬上叫她走。」

「大壯，我決定離開你，收回酒吧。」

「升，你不會那樣做！」

「看着我。」

大壯拉住妻子，「聽我說——」

「別拉拉扯扯，我懷有身孕，禁不住推拉。」

大壯張大嘴，想說什麼，又合攏嘴。

阮升收拾簡單行李，走了出去。

她在酒店住下，找殷律師。

律師辦公室有點寒意，阮升沒睡好，又開始嘔吐。

「你決意要這個孩子？」

阮升不出聲。

「你與田先生的財產分配，不存在任何問題，住宅，是你名下，酒吧，也是你名下，他只得裸退。不過，憑他本事，一下子就另起爐灶。」

阮升點頭，「我打算把酒吧出售。」

「田太太，據我所知，這段婚姻，經過艱苦耕耘，得來不易，真的沒有留戀？」

「他天生一顆不羈的心，再給他機會，也會重犯。」

「女人要是不願在這種地方吃虧，恐怕會沒有婚姻。」

「我已經吃了許多虧。」

「你還愛他否。」

「不會再愛另一人。」

「你已懷孕。」

「我會理智對待孩子，絕不同一浴缸洗澡，嘴對嘴接吻或詆毀他父親是一隻狗。」

「這樣強硬，有何益處。」

「從未考慮到利弊，天生如此，無可奈何，像一些人天生帶癌症基因。」

「那我不得不替你做文件。」

「速戰速決，請勸他切勿節外生枝。」

「心痛否。」

「死透透，不再有感覺。」

殷律師與她擁抱一下，「我一定替你辦妥此事。」

阮升向劉才借女同事收拾雜物。

她倆訝異，「全無多餘東西，兩隻篋裝完。」

四處都堆滿大壯身外物，光是潛水衣好幾套，兩輛大機車，無數球鞋。

年輕女同事感喟：「原來離婚就是這樣子。」

「噓。」

大壯回來蹲地哀求：「田太太，給我一次機會。」

阮升並不動容。

「看胎兒份上。」

「胎兒無知無覺，不會感恩。」

「她答應即刻走，不過要酒吧一半，就答應她吧，我們另起爐灶。」

「沒有我們，絕無商量餘地。」

「升，你一向愛我，對我千依百順。」

「你背叛我，糟蹋我。」

「你在我心目中永遠擺第一位。」

「大壯，你曾考慮遺棄我。」

「你比別的女子特別小器，別人，會看在過去情份，與孩子前途。」

「是，我心胸特別狹窄，不能容物。」

「升，一半，我們可以從頭開始。」

阮升一聲不響，開門離去，順手在門上貼一張限遷啟事。三個星期期限。

田大壯變得一無所有。

那女子震驚，她原先以為十拿九穩，可取得酒吧一半離去，從此不必流浪。

「沒有？」

「沒有。」

那麼，也至少有人。

「我與你另外再做一爿酒吧。」

「沒有資本，我已失去動力。」

她大為震驚，「你住的公寓呢。」

田大壯忽然微笑，「也不是我的，我根本一無所有，連學費都由我妻供給。」

她蹬蹬蹬退後三步。

「我設法借貸。」

「我不想再欠女人的債，我累了，想趁空檔到處走走。」

「我怎麼辦。」

大壯訝異，「我從未應允與你有長久關係。」

女子霍地站起，「你以為我會和平離去！」

大壯看着她，「你恐嚇我？」

她把兩條手臂蛇一樣繞住大壯肩膀，「我殺你全家。」

大壯掙脫。

她自袋中抖出一堆小包白色粉末拋散。

大壯臉上變色。

「我告訴警察，你在此販賣，所以客似雲來，我有證據。」

大壯也退後一步。

「大壯，此刻要甩掉我，已經太遲。」

翌日中午，殷律師陪阮升到黑天鵝酒館門口貼告示，表示下月結業，依法賠償解散員工。

在場職員紛紛出來觀望，人人嘆息。

「田太太，進來喝杯咖啡。」

「叫我阮小姐，或是阮升。」

「田太太，是否有什麼誤會，好端端一盤生意——」

離婚書上寫「不可冰釋的誤會」。

「田太太，田先生不過偶爾行差踏錯。」

阮升反問：「你們是否擔心前途。」

「田太太，我們四處一樣打工，只是覺得可惜。」

阮升低頭，「我也覺可惜。」

這時，她忽然提高聲音，達到吆喝程度：「阿姬，你給我出來！」

員工嚇住。

只見阿姬自酒櫃後鑽出，急步走到阮升面前，她這樣說：「田太太，不是我。」

阮升一聽到這三個字怔住。

什麼，她說什麼，她說不是她。

連殷律師也訝異，這嬌小女子一臉妖魅，舉手投足，輕若無骨，不是她，會是誰。

員工們定一定神，齊聲說：「田太太，我們可以舉證，真不是阿姬。」

殷律師脫口問：「那是誰，姓甚名誰？說。」

「我們真不知道，從未見過那女子，並不知她長相如何，叫何名字。」

阮升一口濁氣上升，一個家從此拆散，胎兒變得沒有父親，她失去丈夫，而竟然連罪魁禍首的名字身份都不知道。

阿姬站一旁，她也現出難過的樣子。

有人這樣說：「田太太，我們願意留下幫你，阿姬是台柱，她已訓練了一兩個拍檔，這一陣子田先生不在，生意照做。」

有人斟一杯威士忌加冰給阮升。

她懷孕，不能喝酒。

「拍檔叫什麼名字？」

「葉柏，過來見田太太……」

一個精悍英俊混血兒腼腆走近，膚色金棕，像載了一身陽光。

這時阿姬扔一杯水過去，他身軀向後拗，用胸肌接住，不濺一滴水，眾人鼓掌。

看樣子也是高手。

「田太太考慮一下，絕對做得下去。」

殷律師駭笑，「那不是成為馬戲班？」

「世界就是馬戲班，左鄰右里，都在學黑天鵝。」

阮升緩緩站起，「對不起，阿姬。」

「不怪你。」

殷律師走到門口，把結業通告撕下。

「回去再想想。」

「我不想留下不愉快記憶。」

「你需要更大勇氣，那胎兒，可能長得與他一模一樣。」
殷律師真是得理不讓人。
阮升黯然。
「我替你查一查那女子是誰。」
阮升心灰意冷，「不用，我不想知道。」
殷律師心裏有數。
過幾日，田大壯親自到殷律師辦公室。
他站律師對面，「你慫恿阿升與我分開。」
「沒有的事，我只按法律做事。」
「我不會簽這份離婚文件。」
「那只有她單方面申請。」
「我不會合作。」
殷律師在抽屜裏抽出一疊照片，「田先生，這些照片，可媲美職業圖像。」

田大壯一看，證據確鑿，是他與那女子在遊艇上曬日光裸照，以他的精靈，竟不知何時拍攝，由此可知，他根本是生手，不配與兩個女人比試。

他沉默一會，「分三分一。」

「田先生，你彷彿沒有資格與我們談判。」

「我不與她爭孩子，給我一條路。」

「田先生，我當事人早幾年曾經替你墊付學費與生活費，你沒學到禮義廉恥？」

田大壯生氣，他伸手把律師桌子上雜物掃到地下，「你逼我跳牆，我燒掉你辦公室！」

殷律師高聲：「護衛員快報警。」

田大壯拂袖而去。

殷律師警戒阮升：「你要當心。」

「我不怕，我養大他，我知道手尾。」

「依我說——」

「拿到這三分一，過一年，他又索三分一，他背後有人教唆，永無止境。」

「你不相信他會改過。」

「殷律師，我剛在他書架抽屜找到白粉末，你說，會不會是奶粉。」

「阮升，你速速離開該處。」

阮升已經掛斷電話。

白色粉末不是在抽屜裏，已經被傾倒在玻璃桌面，分成一行行，只吸剩半行。

阮升太大意，竟一點不發覺丈夫插水式墮落，她怔怔坐着不動，田大壯已不是要她繳學費時的田大壯。

這時莉莉電話找，叫她回公司有急事商量。

她趕回商議。

正想向劉才告假處理個人事務，發覺他滿臉油，一額汗，衣裳像數日未換，皺成一片。什麼事，怎麼看上去比阮升還要憔悴。

劉才說：「阿升，我家有事，我得告假。」

被他氣急敗壞捷足先登。

「我妻子入院做手術，我得日夜陪她，」說着，忽然落淚，「結婚廿年，她還沒過過好日子。」

莉莉輕輕拍他背脊，「你儘管去，有什麼事，我們幫忙。」

阮升發怔，好人，沒有好報，她鎮定地說：「放心，公司事務交我們四人。」

「感激不盡。」

「客氣話不說了，你去忙你的。」

「還有，她想吃紅棗糯米粥，傭人不會做。」

莉莉說：「放心，傍晚送上。」

劉才急急離去。

阮升不由得問：「莉莉，你會做粥？」

「我不會，大振興飯店會。」

「我真笨。」

莉莉又輕輕拍阮升肩膀。

「各位，快快照常工作。」

「劉太太什麼病。」

「稀罕之極，膽管內有腫瘤需要割除，劉才魂飛魄散，真沒想到他如此愛妻。」

阮升輕輕答：「與一個人相對廿年，已成習慣，隨便哪一個先走都會尷尬。」

「阮升，你——」

「不說我。」

「不說也不行，你別太勞累，我沒家小，我做多些。」

那兩個小女生聽見，一起說：「我們也多做些。」

莉莉大感安慰，同事和睦，確是福氣。

過片刻她問：「可要暫住我家，我有空房。」

阮升搖頭，「不想給你添亂。」

莉莉忽然輕唸：「凡世物者，求時甚苦。既而得之，守護復苦。得而失之，思念復苦。於三時中，皆無有樂。人生為苦為樂。」

阮升輕聲回答：「也不是全無快樂。」

「有限溫存，無限心酸。」

是，阮升迷醉地享受那一點點體貼溫存，忽略大壯變心。

傍晚，兩女挽着一鹹一甜兩種粥到醫院探訪。

病人即病人，劉太太臉色枯槁，看到訪客，高興。阮升盛粥，莉莉帶着一疊雜誌，讀娛樂新聞給病人聽，劉才累極倒沙發。

莉莉說：「名模生下混血美嬰，嘩，不同凡響，你看圖中寶寶雙眼圓滾滾，鼻樑多高——」與劉太太研究幼兒相貌，「本來不看好這洋人，雖然英俊且有家底，但十分不羈，婚禮也不剪長髮，此刻則另眼相看，祝他們幸福……」

劉太太不住點頭，暫忘痛苦。

「明日我們再來，劉太要吃什麼儘管吩咐。」

「不敢當。」

「別說客氣話。」

「酒釀圓子。」

「有，有。」

她也累了，閉上眼睛。

劉才送兩女出去。

「醫生怎麼說。」

「……」

她們都明白了。

「升，我們要幫劉才度過這災劫。」

阮升點頭。

「在這種時候，你專注工作也是好事。」

女同事體貼，置許多營養食品優待阮升，小女助手請家人做衛生可靠素淡便當奉上，阮升最喜歡蛋餃與蒸排骨。

同事互助，人間有情。

還有殷律師，週末送糕點水果。

「他簽署沒有？」

「語氣十分頹喪。」

「單方面進行吧。」

「明白。」

阮升胸口奇悶抽搐，同事們忙上前照應。

「是男胎抑或女胎」，「這孩子好像不大體貼」，「咄，世上少有孝順孩兒」……

阮升腰身挺不直也彎不下。

晚上抽空到黑天鵝收賬，發覺大壯也在那裏。

他沒事人似如常站酒櫃招呼客人。

阮升問他：「你為什麼還在這裏？」

「我上班，我沒有收過解僱信。」

「我現在就給你。」

「升，酒吧雖然由你投資，但由我做起來，你勿太絕情。」

「我絕情？」

「我已與她分開。」

阿姬怕他倆當眾吵架，斟上咖啡，站兩人之間不動。

大壯說：「我已經戒除。」

阿姬把他拉開，「你下班吧，大壯。」

家。

「連你都欺侮我。」

阿姬怕酒館氣氛有變不利生意，這樣說：「田太太，你下次中午來。」宛如當

田大壯在門外等她，「升，一切照常，待你心平氣和，我才回家。」

司機把車駛近。

「載我一程。」

「我往醫院探病，不順路。」

阮升先到飯店拿了青菜煨麵，走近病房，剛剛主診醫生與劉才走出。

她聽到醫生說：「就這一兩天了。」

阮升坐倒在地，淚流滿面。

醫生看護連忙扶起，低聲勸慰。

半晌，阮升收拾情緒，進病房與病人分享那碗煨麵。

劉太太說：「真好吃。」

「我叫他們加一些火腿絲。」

「怪不得。」

「今日新聞：原來名歌星生下女嬰，起初記者一直認定是男胎。」

「男女還不是一樣，我與阿劉沒有子女。」

「照片不日發放，一定又精乖又可愛。」

劉太太微笑。

看護進來注射。

阮升握着病人雙手。

劉太太說：「自己生病，倘若家裏有幼年子女，那可擔心壞人，如今倒是無牽無掛。」

兩人又談一會，劉太太沉沉睡着。

門外遇見莉莉，阮升說：「我回公司替你。」

「桌上一份合約，你估個價。」

「明白。」

這樣奔波也好，免得時間太多胡思亂想。

七時許，她讓助手先下班，自己仍伏桌上做預算。

公司大門已鎖上，有人敲響，阮升出去一看，是田大壯站玻璃門外。

她遲疑一下，問他：「什麼事。」

「帶牛腩麵給你吃。」

「我下班了。」

她出來鎖上門，鬆口氣，真不想放大壯進辦公室。

「那麼，趁熱在車上吃。」

「我不餓。」

「升，你忽然拒我於千里。」

她穿上外套，「換你為我，你會怎麼做。」

「給我一次機會將功補過。」

「我已說過多次不行。」

「升，你為何如此驕傲偏執。」

這一句話叫阮升悲涼，自幼她心底有一團怒火，出身不是欠佳，但父親一早棄家，只留家用，本來母女相愛也可以過日子，但母親遷怒，阮升的一舉一動，都成苛刻目標，叫她站不是坐不是，她心底有極大陰影，田大壯跨越她底線，再委屈下去，她不好算是一個人。

她奉獻一切，得到背叛，她決不能再忍，怒火衝擊到氧氣，突然爆發，不受她控制。

她看着曾經深愛過的田大壯。

他光潔皮膚變得黯啞粗糙，兩頰佈滿瘡斑，鼻額油膩，眉眼往下掛，往日朝氣不知何處去，一身酒臭，張口薰人，這變化不是一朝一夕可得，阮升只好怨自己是亮眼瞎子。

田大壯不知變了多久了。

她低頭繞過他走，叫車回家。

轉看沒見他跟在身尾，吁口氣。

她高興得太早，到家門，他騎機車比她更早抵達，在門外等她。

她叫司機駛離，司機不願捲入是非，「小姐，你報警吧。」

阮升只得撥電話給殷律師，才下車單獨面對。

她一生，都得孤身面對一切人與事。

「你想怎樣。」

「回自己家與妻子一起喝杯咖啡。」

「我不想單獨與你相處。」

「你曾經那樣愛我，每事主動。」

「是我的錯。」

他不住吸煙，不一回，地上丟滿煙蒂。

「你回去吧。」

「給我三分一，我馬上走。」

「說來說去，還是為着錢。」

「機車連加油的錢也沒有了。」

這時，有人在背後說：「田先生，你再不走，我們被逼召警，你何必落到這種地步。」

一抬頭，原來是殷律師。

她掏出一小卷鈔票給他，「走吧。」

大壯伸手，把鈔票拍打到地上。

殷律師與阮升上車，駛離家門。

阮升向律師道謝。

在倒後鏡看到，憔悴不堪的田大壯彎腰拾起鈔票。

殷律師說：「你在我客房休息吧。」

天色已濛亮。

阮升再回到辦公室工作，莉莉詫異，「昨日你做通宵？」

那一天，兩人都無暇探訪劉太太，助手去一趟，「劉太太想吃棗泥裹餅，已吩咐飯店做了明早拿去。」

第二天，阮升拿着糕點往醫院，病床已空。

看護訝異走近，「劉先生沒知會你？劉太太昨夜十時許器官衰竭辭世。」

阮升輕輕啊一聲。

「劉先生在樓下辦手續。」

劉才出現，與阮升在長櫈坐下。

他比意料中平靜，「她很感激你們天天探訪，她說任性地吃了許多甜品，沒想到吃得出味道。」

阮升不語。

「醫生說病人臨終時腦部會分泌胺多酚，病人平靜接受，不覺死亡可怕。」

阮升點頭，「我先回公司。」

劉才朝她鞠躬。

莉莉得到消息不發一言，把棗泥裹餅全部吃光，飽脹過度，嘔吐大作，眼淚鼻涕，一塌糊塗，助手把她關進房內，免人客看到尷尬。

那天晚上，阮升筋疲力盡，回到自己家，先從頭到尾淋浴，換上運動衫褲，在廚房做番茄蒸蛋，緩緩吃下，坐在桌前，學着看黑天鵝賬目，數目字全跳動，她知道是休息時候了。

她蹣跚走到臥室，查看記事簿，第二天是看婦科的預約日子。

——「是否超齡產婦。」

「當然不是，最近，四十多歲中年孕婦數目不知增加多少，你不到三十，差得遠。」

「為什麼？」

「要等自身靠得住才生育孩子，好現象。」

「不是等婚姻鞏固嗎？」

醫生哈哈大笑。

明知生命如露如電，孩子還是一個個生下，人類偉大。

她剛欲熄燈，忽然有人影自大衣櫃緩緩走出，握着手槍。

阮升這一驚非同小可，渾身發抖，站起，又坐跌。

那人是田大壯。

他走近，坐在床角。

他怎麼進來？明明換了鎖，且已安裝警報器。

大壯聲音很輕，「你看你那猙獰的樣子，雙眼瞪大，眉毛直豎，像隻吊睛白額虎，阮升，原來你這麼醜，以前，為着得到我，一切都裝出來，抑或應該說，原本你就那麼兇悍，不過此刻剝下表皮，原形畢露。」

阮升假裝鎮靜，嘴唇不住顫抖。

「你實在太惡毒，非要逼得我面孔都不要為止。」

「你想怎麼樣？」

「三分一。」

「支票簿在書房抽屜，我即刻去取。」

「敬酒不吃吃罰酒，女人，都是這樣。」

阮升走到書房，拉開抽屜，取出支票簿。

田大壯吩咐：「分兩張寫，背書，每張廿五萬，然後，我在此坐到天亮，與你一起到銀行提取。」

他都想到了。

阮升寫好支票，他仔細看過，收入口袋，露出笑容，牙齒黃黑，毒品，首先腐蝕口腔。

「過來。」

阮升不去理睬。

「過來，坐我膝上。」

「你已得償所願，切勿節外生枝。」

「嘿，叫你坐過來。」

阮升站起。

他比她快，一手抓住她頭髮，往他懷裏扯近。

阮升在書桌上摸到一樣尖鋭物件，用盡全身力氣往他頭頸插進。

只聽到大壯喉頭發出輕輕噗一聲，抓住頭髮的手鬆卻，他身體軟倒，槍枝墮地。

阮升退後，這才看到插進他喉嚨是一支鉛筆，自右到左冒出鼻尖。

大壯倒地，雙眼反白。

阮升一時不明發生何事，呆呆站一角，背貼牆壁。

隔很久，大壯沒有再動。

她走近，看到鉛筆插在他喉頭，分明已破壞大動脈，腦部缺氧，停止操作。

他已無生命跡象。

她殺死了他。

一支鉛筆。

她慌忙抓起電話，要聯絡警方。

但是，又徐徐放下手機。

傷口極小，而且緊湊，並沒有流出大量鮮血，整件事不像真的。

無論什麼時候報警，她都是殺人兇手，不必急在一時。

她想呼吸最後自由空氣。

她穿上外套，打開門，走到街外，仰頭深深呼吸，殺了人，必定會成為階下囚。

她重新鎖上大門。

她一直踱步至腿酸，走到熟悉街道，看到黑天鵝酒館招牌，她不認得其他的路，走來走去，又到此處。

不如取護照飛離此地，到一個陌生國度，再也無人找得到她。

但阮升不想逃走。

她抬頭看到另一間酒吧名字：笑一笑。

她推門走進，到一角落坐下。

侍應看到她一人，有點意外。

她叫他拿整瓶叫「酒渦」的威士忌。

這間酒吧生意不大好，勝在夠靜。

她呆坐不知多久，緩緩喝着酒，彷彿忘記自己是名孕婦。

直到服務員過來說：「小姐，我們還有十五分鐘打烊，還需要什麼嗎？」

阮升搖搖頭。

要回去認罪，並無別的選擇。

她掏出兩張大鈔，放桌子上。

一人做事一人當，只可惜，連累未生兒。

——第一節結束

（故事說到這裏，勝負已分，啊多麼悲慘，曾經深愛的阮升與田大壯，均不得善終。

他們做錯什麼，得到如此可怕結局？警方知悉慘案，是否即刻逮捕阮升？未生兒，又該怎麼處理？

不過，大家不要忘記，男女之間，還有一個強勢第三者：命運，否則人海中一男一女，又怎麼會遇上。

是有這件事的，很多時候，人在走投無路之際，命運會出手推一把，華裔稱此類現象為命不該絕。

請看下去。）

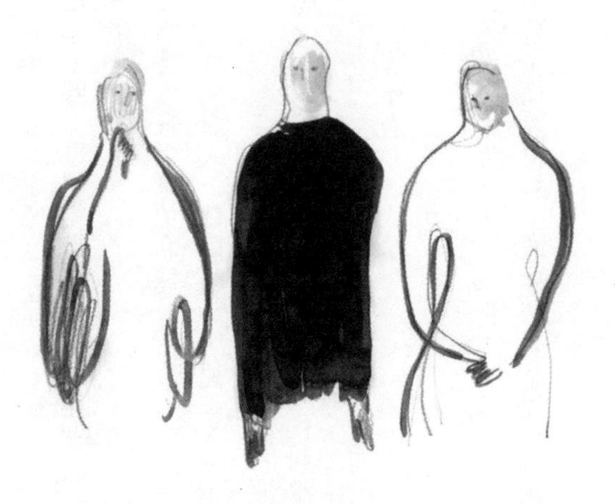

阮升剛要站起，忽然聽到一把聲音。

「呵，兵荒馬亂逃命之際，還記得帶藥包，了不起。」

誰，誰在這種時刻揶揄她。

這是什麼人，像是洞悉她最黑暗的私隱。

她愕然抬頭，只見一個黑衣人，戴着帽斗，遮掉大半面孔，不客氣坐在她對面。

他看看酒杯，「喝了不少，可有想過胎兒受不住刺激？太不負責，這不是你，阮升。」

他竟知道她姓名，以及有孕。

「誰，你是誰？」

「到此刻還不知我是誰，太愚鈍了。」

阮升忽然流淚，「是，你說得對，我懶惰貪婪兇悍剛愎愚蠢，我活該遭到此報。」

「靜一靜，阮升，在這黑角落坐了這麼久，想到去向沒有。」

這時阮升已不追究黑衣陌生人到底是誰，她答：「我這就去自首。」

「之後呢？」

「服刑。」

「這是一種選擇，但孩子呢？」

「他生不逢辰。」

「沒有第二個方法？」

阮升答：「我不打算潛逃。」

「此刻還來得及買飛機票跑到中美洲尼加拉瓜等小國隱居，一生很快過去。」

阮升答：「我不想獨活。」

「啊，你為一段錯愛賠上一生。」

「我誤殺田大壯。」

「你後悔嗎。」

「我不想再談這件事，我這就回轉知會警方。」

「社會先會罵你是毒婦，然後，或許會同情你遭遇，判為誤殺，啊，十五至廿年，孩子出生後判給兒童廳交適當家庭領養……你後悔嗎？」

阮升聽到酒吧響鐘打烊。

她站起走離酒吧。

黑衣人跟着她。

在街燈下，阮升發覺這人穿着十分考究，一雙牛津鞋漆亮。

他沒有摘下帽斗，有着豐滿唇嘴的他年紀不會很大。

阮升問：「為何對我有興趣？世上那麼多倒運的人，一步步錯到不可挽回地步，為什麼單挑我這個案？」

「阮升，你後悔否？」

「無論大壯做過些什麼，他罪不致死。」

黑衣人微笑。

「他持手槍威脅我，我純為自衛。」

「真是，若蓄意行兇，不會用一支鉛筆。」

「你看到？你都知道？」

「阮升，你有學識，你有智慧，你不是壞人，我可以給你一個機會。」

「是否勸我自高樓躍下，一了百了。」

「不，回家去。」

「我正打算如此做。」

「用你的聰敏，從頭來過。」

「什麼？」

「到家，你就會明白，記住，成敗在你。」

「喂，你是誰？」

他吹口哨，招一部計程車，「回家去。」

車子飛馳，把她載到家門口。

她呆立半晌，站在門口都彷彿聞到血腥氣。

她在此際，反而冷靜，她致電殷律師：「殷，我殺死田大壯，請到我家來一趟。」

「什麼。」

「我是阮升，我在家門前，我殺了人。」

「你別動，我馬上到。」

阮升收起電話，嘆口氣。

真像做夢。

就在這個時候，胎動，輕輕踢她一腳。

她伸手掩腹，緩緩搓揉，她說：「稍安勿躁。」

接着，殷律師氣急敗壞趕到，向阮升要過門匙，開門推進。

殷律師以為她會看到一具遺體。

但是沒有。

田大壯大搖大擺坐在安樂椅上，手中揚着一管一看就知道是玩具槍的道具。

「兩位到這個時候才回轉，叫我等得不耐煩。」

殷律師一怔，完全不知發生什麼事，但，無論如何，看到活的田大壯，總比看到死的田大壯好。

阮升更加激動得落淚。

她忽然明白黑衣人口中「給你一次機會」的意思。

大壯活着。

邋遢、無賴、爆門入屋，但他活着。

「大壯，」她輕輕問他，「你怎麼闖進屋？」

大壯見她沒有暴跳如雷，倒是意外，他不出聲，對方不接受挑釁，他無以為繼。

「你來幹什麼？」

大壯放下槍，仍無言語。

殷律師取過手槍，一看，啼笑皆非，原來是巧克力所製，他只不過前來裝模作樣。

「田先生，警察如看不真誤會這是真槍，會即時把你擊斃。」

大壯不出聲。

這時阮升走近，她流淚不止，「對不起，大壯，我不是故意。」

兩人一直爭持不下，誰都不認錯，阮升忽然真誠道歉，大壯意外，殷律師更覺奇怪。

但阮升不是指爭產，阮升為她殺死田大壯致歉，兇器刺入他頸項可怕噗一聲，猶在耳邊。

殷律師趨近她身邊，「阿升，你想和解。」

「是，和解，大壯，這是你的家，你不必撬門，你可以繼續住這裏，還有，酒吧由你一手做起，我對該門生意一無所知，也沒有興趣，酒吧也屬你，殷律師作證，她會處理。」

大壯張大嘴，「那你呢？」

「我有辦法。」

「我不可讓你雙手空空。」

殷律師摸不着頭腦：昨日才爭個你死我活，今日，你推我讓。

「大壯，你看你，渾身油膩，一陣臭味，快去浸浴洗刷，更衣吃飯，好好睡一覺。」

「口氣像媽媽，你呢？」

「我到殷律師處暫住，很快找到居所，你放心，我不會刻薄自身。」

「殷律師——」

「我照顧她。」

田大壯沒想到事情會如此結局。

而阮升一直哭，眉眼已紅腫不堪。

「阿升，我竟叫你如此傷心，我虧欠你。」

阮升看到桌上有鉛筆，是它，就是它。

她連忙把它扔入垃圾筒，雙手顫抖不已。

殷律師說：「大壯，你看阿升如何待你，你把所有不良習慣，都戒除吧。」

「一定，一定。」

大壯忽然像個孩子那樣哭泣，「升，我就知道，沒有人可以愛我更多。」

兩人像傻瓜那樣相對無言，唯有淚千行。

「要命，」殷律師說：「讓大壯好好休息，明日下午到我辦公室見。」

她把阮升拉走。

在門口，她問：「可有機會復合？」

阮升拼命搖頭，「他造成的裂縫，不是強力超能膠水可以黏合。」

「為什麼說他已死？」

「我真確知道我已殺死他。」

「升，你要看醫生，那是你的噩夢，或是幻覺，田大壯好端端活着。」

阮升掩臉。

「或着，你是指，這個男子，在你心目中已經死亡，不再值得計較。」

回到殷宅，天已大亮。

阮升不發一言，倒在床上，蒙頭大睡。

她告訴自己：大壯好好活着，她放棄物質，一切已經償還，不但外衣，連內衫也剝下給他，不但給他掌摑右頰，連左頰也轉過給他打，只為息事寧人，從頭開始。

否則，還要糾纏到什麼時候，她已糟蹋太多寶貴時間，不能沒完沒了從陽間一直糾纏到陰間。

她鬆口氣，身軀勞累墮入寧靜黑暗境界，真想永遠不再醒轉。

恢復知覺時，殷告訴她，她足足睡了十八小時，殷擔心，數次探視，見她呼吸均勻，才放心讓她憩睡。

阮升獨自到婦科醫生處。

醫生替她檢查，「想知道性別否。」

「下次，下次告訴我。」

「胎兒發育良好，靜候做母親，不要放棄工作及運動，勿吃古怪補品。」

阮升接着找公寓搬遷。

莉莉與瑪茜都出動幫她。

阮升詫異房價比當初結婚時上漲三倍。

殷律師說：「你承繼的遺產，餘數我替你投資股票，早些時候賣出，恐怕還能負擔兩房住宅。」

「多虧你，否則只好與嬰兒擠一處。」

「以前的乾貨街，你吃得消那陣鹹魚鮑魚味？」

「也只得如此。」

「我記得附近彷彿還有許多金店。」

「都拆卸蓋高樓大廈。」

「這個城市，人事三年幾番新，四十歲已翻過幾番算是老人。」

幸虧大廈新簇，租客多數是旅居或工作的外國人，阮升只略看一下，便決定下訂。

這樣爽快磊落的一個女子，肩膀可以走馬，偏偏感情路不順。

「傢具由我們代辦，你別勞碌。」

「請挑簡單舊木製一床一桌一椅。」

「嬰兒房呢？」

「稍遲再說吧。」

阮升到黑天鵝酒吧。

親眼看到田大壯在叫人換燈泡，她才安樂。

活着。

原來，那真是一場噩夢。

她坐下，員工看到她，都上來招呼。

阮升拆穿他們：「又來蒙我？直把我當三歲孩兒來耍，阿姬，你給我出來！」

員工臉色發白，紛紛讓開。

阮升冷笑，「放心，田大壯才是老闆，你們如此幫他，黑白講，一定有獎勵。」

阿姬靜靜走出，一聲不響，站阮升面前。

阮升說：「是你吧。」

「是，是我。」

「終於承認了。」

「不盡是我一個人的責任。」

「當然，一隻碗敲不響。」

「弄明白也好。」

阮升點頭，「想你已知道，我把酒吧與公寓都給田大壯，以後沒有牽連。」

阿姬臉上露出訝異神情，她不知道。

「話已講完，各位同人，這是我最後一次到黑天鵝，祝大家幸運。」

這時大壯走近。

阮升越大方，他越是萎靡，說不出話，一臉內疚。

「殷律師會通知你簽署文件。」

她冷冷看阿姬一眼，已無恨意，電光石火間，什麼都放下了，三言兩語，都交代過。

現在，只等孩子出生。

非要經過生關死劫，才會放低。

她返回公司，莉莉做了甜湯等她。

瑪茜那邊有電話，她說：「王興回來，想與你吃飯，可以賞臉否。」

「你也一起？」

「當然，我們吃素菜。」

「我不想吃假鵝假鮑魚假魚。」

「不，是真正全素，絕無假狗。」

莉莉說：「我也去。」

「都一起。」

女班先到，華北礦業老闆王興來遲。

這還是阮升第一次看清楚他，只見他精神炯炯，中等身材，平頭，並非英俊，但鬚眉男子，有他的氣度，比記憶中好看得多。

素菜上桌，的確精緻，葉是葉，果是果，卻不是人人欣賞，瑪茜先嚷說要到隔壁吃牛排，莉莉藉故跟着走。

阮升一怔，這不是替她與王興製造機會嗎。

可是，王興有妻室，而她，懷着身孕。

王興很大方，他像是真的來吃飯，一邊問：「最近忙什麼？」

「你請先講。」

「這一年來往雍市與北京，忙離婚手續。」

「啊，有子女否。」

「就是因為有一個七歲孩子，才擾攘良久。」

「上小學了。」

「正是，喜歡踢足球及玩一個叫『地窖神龍』的電子遊戲。」

阮升微笑。

王興給她看孩子照片，他長得跟父親一模一樣，平頭清純可愛，雙眼明亮。

「聽說你也在辦離婚。」

阮升點頭。

他搔頭，「當初，真不知怎麼結的婚。」

「我那位，有第三者，渾身不良嗜好。」

「此刻反而輕鬆可是。」

「王先生你想必付出大筆贍養費。」

「再貴也補償不了失去寶貴光陰。」

王興為人豁達。

「聽説你為着脱身，沒有爭取任何東西。」

「你聽説了很多事。」

「對不起，是我向莉莉打聽，她抱不平。」

「別人不知那麼多。」

這時兩個女友吃罷牛肉又回轉。

「唉，未能食素。」

阮升微笑，「我一早知道你倆不是吃素的。」

大家都笑。

王興這樣説：「老朋友，有什麼要幫忙，不怕説。」

這一段日子，阮升也聞説，田大壯戒除不良藥物，相當辛苦，大熱天，窩在被子裏，不住打顫抽搐，渾身冷汗。

殷律師說：「頗有勇氣，你不必擔心，有醫生照料。」

「這種事，他不自救，無人能救。」

殷律師說：「奇怪，有四個多月了，何以不見肚形，叫什麼名字，想好沒有。」

「叫阮離。」

「什麼？」

「離，《易經》指火耀之美態。」

「是女胎？」

「不，男孩，遠離一切挫折。」

「我不喜古怪名字，叫阮小偉不就很好。」

阮升哈哈笑。

「阮升，你真豁達。」

「這種事，若不自救，沒人能救。」

她抽空選嬰兒傢具，選一張小床，到十歲也能用，以及一張彈簧椅，她看過嬰兒彈上彈下會得哈哈笑，十分喜歡。

當然少不了衣物、日用品，以及若干奶瓶。

殷律師幫她找到可靠保母。

這律師確是阮升恩人。

一日，因為好奇，到黑天鵝對街的「笑一笑」酒吧查看。

誰知已經結業，轉開一家薄餅店。

「小姐，買二送一。」

生意難做。

她再三張望，就是一家薄餅店，番茄醬香氣四溢。

剛要離去，說時遲那時快，有人衝近猛力撞了阮升一下。

阮升腳一滑，重重摔地。

她這一驚非同小可，孕婦最怕墮地。

那人還不放過她，舉腳來踢。

阮升本能保護自身，誰，誰，誰那麼惡毒要置她於死地，她伸手抓住那人足踝，往前一推，接着，揮動手袋，打向那人，那人退後三步，也滾在地上，爬起奔走。

這時，路見不平的途人紛紛吆喝，「攔住那人」，阮升定睛一看，那人逃進黑天鵝店門。

一點不錯，是阿姬。

薄餅店員扶起阮升，忽然尖叫：「血，血，快報警。」

阮升覺得眩暈，身子漸漸軟倒。

她睜開雙眼時，知道身在醫院。

第一件事問胎兒是否無恙。

看護說：「放心，那小子頑強，沒事。」

「血——」

「你倒地擦傷大腿，縫了三針。」

「請知會我同事——」

「是一位王興先生可是，他已經來了，在房外等，我們在你電話上得到他號碼。」

門外一大堆人張望，看護讓他們進房。

莉莉握住阮升手，「你沒事就好，我先回公司，晚上再來。」

瑪茜臉色陰晴不定，「這是什麼世界，連孕婦都不放過，警方懷疑是當街搶劫，可是事實？」

「不，是鎖定目標針對我一人。」

王興吃驚，「你要清清楚楚對警方講明白。」

「我會。」

一名女督察進房，請各位避開。

阮升冷靜把遇襲事件仔細講述一遍。

警方出示一張繪圖，「可是此人？」

繪圖有七分相似，媚眼尖下巴，目擊證人眼力不錯。

阮升頷首。

「她是你仇家？」

「是我前夫女友。」

女警深呼吸，心裏想，誰還敢結婚。

她出去辦事。

看護進來說：「阮女士，你首要好好休養，不要想其他的事，醫生已檢驗過胎兒臍帶血壓，一切正常。」

殷律師緩緩走進，「叫你不要到處亂走。」

阮升陪笑。

「警方已進行抓人，黑天鵝說她已三天沒上班，想必藏匿起來，兇手在逃，你要格外留神。」

「為什麼還要不放過我？」

「你還研究原因，這人吸了藥，喝醉酒，迷失本性，只覺世界與她作對，非得反擊報復，沒有道與理，誰碰見她誰晦氣。」

阮升不語。

「有一個人也來了，你可要見他。」

阮升立即知道是誰，她雙手亂搖，「我傍晚出院，我不見人。」

「明白。」

殷律師走出房間，田大壯即刻迎上。

「回去吧，她受了驚，只想休息。」

「對不起。」

「碰到你這種男子真是倒霉，晦氣一輩子洗不脫，還得替你撫養孩子，這未生兒若有一半像你，阮升也吃足苦頭。不是什麼都交出給了你們，為何還要傷害她，是否要她母子的命你們這對狗男女才會甘心！」

聲音越來越大，看護聽見，不但不阻止，忽然拍起手掌。

田大壯低聲說：「對不起。」

他轉身離去。

傍晚阮升打算收拾出院，忽覺腰酸。

她回到病床，看樣子得多留一晚。

凌晨，她知道不妥，按動警鐘。

看護進房，看到孕婦面如金紙，大驚失措，連忙急救。

終於沒保住胎兒，不久之前的好消息不是真話。

阮升醒轉，看到莉莉坐床頭嚶嚶哭泣。

她握住她手，「別哭別哭。」

莉莉索性把頭埋在她膝上。

她們接她出院，公寓裏總留着一個人相伴。

阮升知道她們都有工作，並非富貴閒人，「去，去，晚上再來。」

阮升只覺人生苦澀，垂頭無言。

田大壯派人送花來，殷律師並不生氣，她只是連瓶帶花扔進垃圾桶，叫人拎走。

她對莉莉說：「睜大眼珠看清楚什麼叫遇人不淑。」

阮升反而說：「你別嚇她。」

獨自一人時對自己說：「阮升你已無牽無掛，好重新做人了。」

出院後照常工作，同事輪流燉雞湯及牛肉湯給他，她瘦了許多，衣服鬆垮垮，服裝店女職員不知多羨慕：「阮小姐真叫人羨慕，全身都不長肉。」

她沒事人一般，同事也只得一字不提，大家都知道如何虛偽行事。

只有王興敢這樣問她：「可以嗎？」

阮升答：「還好。」

可是，疑兇還沒有落網。

田大壯幾次三番被請到警署問話。

——「聽你同事說，你倆曾在酒吧多番劇烈爭吵，並且有肢體接觸。」

「我已解僱此人。」

「但她是你親密女友，你肯定不知她下落？警方此刻加控她誤殺罪名，你可有窩藏此人？」

「我自己也在到處找她。」

「如知她下落，請即時知會警方。」

田大壯哼一聲。

「行私刑也屬違法。」

「多謝提點。」

過兩日，又傳他見面。

「請問你與該女子為什麼爭吵？」

田大壯不想回答。

「聽你同事説，是為着錢財可是？」

「她想我與她結婚，把酒吧分她。」

「但據我們所知，當初，酒吧主人是你前妻。」

「是，她十分慷慨。」

「為何離開這樣好的妻子？」

「因為我愚蠢。」

「為什麼倒是她恨怨你前妻？」

「因為我什麼都不肯分給她。」

「但，那也不關你前妻的事。」

「失敗的人總想找一個人代罪。」

「可是你打算復合？」

「前妻已一而再，再而三拒絕我。」

「田先生，疑兇是阿米尼亞與日本混血兒，在本市並無居留權，亦無工作權利，她屬黑工，你一直包庇她，你需負刑責。」

過幾日，警方突擊搜查酒館，沒搜到毒品，可是一間酒吧，如此騷擾，顧客退避三舍，生意一落千丈。

莉莉說：「阿升在的時候，可是客似雲來。」

殷律師說：「這叫家和萬事興。」

王興邀阮升出遊。

「不大好吧，孤男寡女，人家會說話。」

各女笑得彎腰，「時光倒流，回到十九世紀。」

阮升訕訕，「對不起，我並非那個意思。」

「我想往老家走一趟。」

「北京嗎，」瑪茜說：「我也去。」

阮升揶揄：「只怕一到你又往吃牛肉麵。」

王興說：「瑪茜必須隨行，她要做聯繫工作。」

她們被安排在酒溢胡同的王府，那是一座修復四合院，白牆，深棕色磚地，漂亮精緻，阮升訝異，沒想到王興如此富有。

天井中央種一棵桂花樹，未開花也香得旖旎，一樹知了，喳——什麼，初夏了嗎。

一個小男孩在空地踩滑板，功力十足，花式多多，阮升看着他微笑。

王興吆喝：「王澄，叫阮阿姨。」

這時，東廂門一開，幾個女眷走出，「阮小姐來了。」

阮升一看，嘩老中青足足四代，她笑開眼，沒想到位位身體康健，口角靈活。

她頻頻鞠躬。

「這是我曾祖母、祖母、外婆、姑婆、阿姨、母親，家母只生我一個……哈哈哈哈。」不知為什麼，忽然大笑。

阮升也只得跟着傻笑。

她們配上名牌，以茲識別。

半生孤寡的阮升，為盛大場面感動不已。

吃飽之際，男長輩也都出現。

一位老公公握着阮升的手說：「皮子雪白，好好好。」

她根本沒有機會與王興多談。

晚上，與瑪茜閒聊，「他們一家是那麼高興，真是可愛，你看，年老一輩，一定經過戰亂，走日本鬼子、兑金圓券……可是一概不去記得，人誰無災劫，有時真要嘻嘻哈哈扮只得半邊腦袋。」

這話說給阮升聽。

半夜，她倆坐在廂房門前。

「這是西廂嗎，張生在此看到鶯鶯？紅娘那可人兒又住何處？」

一隻流螢一閃一閃輕輕滑過，「嘩如此詩意。」

有人在身後輕輕說：「……夜間涼如水，輕羅小扇撲流螢。」

瑪茜一看，「哎呀，我忽然想起，有牛肉麵等我宵夜。」笑着一骨碌起身走開。

王興笑問：「人多，可有嚇怕。」

阮升不出聲。

「別誤會，我不敢有何非份之想。」

阮升說：「真奇怪，明明是在鬧市，卻一點不覺，華人建築自有智慧。」

「想做什麼，說給我聽。」

「不是有喝茶聽曲子的地方嗎。」

「那在蘇杭。」

「呵，對不起，我是假洋鬼子。」

「早點睡，明早參觀華北礦業公司。」

又沒想到規模宏偉像一間自然博物館，各式標本樣板陳列整齊。

王興的辦公室光潔明亮，當眼之處放着一件紅色鐳電池暖背心，就是這件發明，叫他倆成為朋友。

「那些發明家還好嗎？」

瑪茜有答案，「賺了一筆錢，又回學校去。」

大學是避難所，他們都笑起來。

王興取出一塊化石標本讓阮升觀看。

阮升啊一聲，悚然動容：「翼龍！」

「你看多完整，尾部兩條長羽，可像傳說中的鳳凰？無意中被我們得之。」

阮升讚嘆不已，「是侏羅紀的化石吧。」

「正確。」

王興的天地明澄亮潔，是，他也離婚，但做得光明磊落，與黑天鵝是兩個世界。

綠化廠房牆上是直立花圃，屋頂全是太陽能接光板，阮升欣賞之極，他們的車隊也全用電動車。

瑪茜叫她：「升，來看鑽石。」

阮升走到玻璃櫃枱前，只見一塊礦石，上邊附着好幾顆指甲大小未經琢磨的原石。

阮升看過算數。

瑪茜説：「我們到頤和園石舫上喫茶。」

阮升説：「我不去慈禧那可惡老女人享樂之處。」

「哈，你是義和拳。」

「靖康恥，猶未雪。」

王興十分高興，他就是想要阮升暫時忘記不愉快的事。

公園附近，一群孩子在練合唱。

——在那遙遠的地方

有位好姑娘

人們走過她的身旁
都會回頭留戀的張望

音樂調子忽然一變，轉為明快強烈街舞拍子，孩子們哈哈笑起，扭動身體，步伐整齊，跳起街舞，他們的父母搖着手臂加入。

王興說：「我們也來。」

他與阮升找到空位，插隊即興表演，大汗淋漓，阮升渾忘世事，努力合演。

終於累倒地上，王興憐惜將水瓶遞給她。

阮升長長呼出一口氣。

原來世界這麼大。

「咦，瑪茜怎麼不見了？」

王興閒閒答：「她去吃牛肉麵。」這麼詼諧。

回到院子，阮升與王澄玩大富翁遊戲。

好不容易才與小孩打個平手。

他忽然這樣告訴阮升：「我爸媽已經離婚。」

「啊。」

「媽媽與新男伴到美國舊金山居住，過年才回來看我。」

「那是個好地方。」

王澄這樣說：「北京也是好地方。」

「是，是，當然。」

「阮阿姨，你很客氣，把我當大人一樣。」

「人人都是人。」

「你是外國人嗎？」

「我已宣誓入加拿大國籍，我是加國公民。」

「你仍然會說普通話。」

「我還會說滬語與粵語呢。」

「我正勤學英語。」

「要多練口語化。」

「我與你說英語好不好。」

「歡迎。」

王興走近，「別煩着阿姨。」

王澄不悅，「怎麼見得小孩一定會煩大人呢。」

阮升用英語說：「那是偏見。」

王澄也說：「偏見。」

王興說：「兒子，送你到英國寄宿可好。」

阮升忽然加插意見，「太寂寞了。」

「男兒志在四方。」

「他還只是孩子。」

「英王儲查爾斯這個年紀也寄宿讀書。」

「王澄不是皇儲，況且查爾斯苦水連篇，他外婆依利沙伯太后勸慰：你可是英國未來君主，你且忍耐一下吧。」

父子倆頭次聽這則掌故，大笑。

有家庭真好，但阮升，她對自己說：不要誤會，這不是你的家。

他們回到雍市，王興帶着兒子，在雍市讀暑期班。

「奇怪，」瑪茜說：「雍市學生全湧往英美。」

「交換學生嘛，哈哈哈。」

稍後，王興帶兒子到大堡礁潛水。

阮升雙臂護胸，「我不去。」

父子又笑得彎腰。

結果，他們潛水，阮升留海洋博物館遊覽，特別喜歡貝殼館，不到幾日，聽到王澄說話帶澳洲音，也許，他父親是對的，是要往英國。

回來，阮升曬得皮膚金棕，彷彿年輕了，她輕輕對自己說：「再世為人。」

剛在感慨，警方找上門。

「阮女士，請隨我們到警署調查。」

阮升瞭解市民權利與義務，「什麼事？」

「阮女士，警方在某區某公寓內發現一具男性遺體，懷疑是謀殺，希望你去辨認身份。」

阮升此驚非同小可，「為什麼找我？」

「阮女士，該人身上有證明文件，他叫田大壯。」

阮升耳畔嗡嗡響，站不穩，緩緩坐下。

阮升想說：我不去。

莉莉在一旁已經氣得發抖，「她不去！」

「阮女士，你有配合警方調查的義務。」

「你有照片，你可驗指紋。」

警方只得說：「不幸屍身已經腐爛到某一個程度。」

莉莉臉色發白，走到一旁嘔吐。

半晌，阮升說：「我去。」

「勞駕你阮女士。」

莉莉追上，「我與你一起。」

「不，莉莉，一人做事一人當。」

她跟着警察走。

沒想到的是，可以進入冷凍房近距離觀察。

她以為自己會簌簌顫抖，但是沒有，她看得仔細。

髮線仍在，額角中尖有一個清晰桃花尖。

還有，右手無名指還戴着那枚爛銅鐵鑄成的簡約婚戒。

阮升輕輕說：「確認是田大壯。」

警方帶她出外問話。

「正月十二至十七日這段時間，你在何處？」

她想一想，「我在澳洲大堡礁觀光。」

「你上次見田大壯是什麼時候？」

「有近一年了。」

「謝謝你合作，阮女士，難為你。」

「不客氣，我也有幾個疑問，盼督察解答。」

「我儘量做。」

「可是他殺？」

「他頸部被利器插中傷及大動脈失血而死，大約五天之後，鄰居聞到異味，報警。」

「可有眉目？」

「已鎖定疑兇，警方亦正在追捕此人，她才是公寓租客，田某只是訪客。」

阮升悲愴，她已知道那是何人。

阿姬！

「最離奇的是，兇器，竟是一支鉛筆。」

阮升霍一聲站起，血不上頭，暈眩，又坐倒。

警員連忙斟水給她。

「阮女士，你可願提供關於疑兇資料？」

「我所知不多。」

「你不是講是非，阮女士，你在協助調查一宗謀殺案。」

阮升輕輕說：「我只知她年輕貌美，個子嬌小，非法入境，在酒吧做黑工，並且，非法販賣毒品。」

「這線索重要，警方會着手追緝。」

「請你們以後不要再來找我。」

「警方也有不得已之處。」

「我可以走了嗎？」

「還有，阮女士，你是否負責田氏——」

「不，」阮升搖頭，「到此為止，一切交由警方安排。」

「明白。」

阮升走到門口，有人下車，那人奔近，握住阮升的手，接她離去。

那人是王興。

他一言不發，把阮升帶到咖啡店，在杯中加一點拔蘭地，「乾杯。」他說。

那天，阮升沒有休息，如常工作。

莉莉大氣也不敢透，年輕助手，報告公司事務。

「劉老闆神出鬼沒，現在他上班時間是下午六時到凌晨二時，凡有指示，都寫字條上，我已有三個月沒見到他。」

「喪妻之後，情緒異常。」

劉才更慘，他與妻相愛。

傍晚，有年輕男子在門外等莉莉下班，她高高興興隨他而去。

阮升微笑，開頭，開頭總是好的。

時時有人送花給年輕女同事，阮升也分享芬芳。

王興時時在樓下催她：「還未下班？」

他自身呢，約會到一半，「都拜有客人來，我先走一步，我已叫莉莉陪你。」

阮升按住他，「我不用人陪。」

莉莉與男友來到，乘機叫克魯格香檳。

莉莉口氣越發恃老賣老，「升，你該回家看看！」

她不作聲。

「你在外地比較高興。」

阮升回答：「有時一覺醒轉，不知身在何處。」

過幾日，阮升說：「我打算回家看看。」

「我替你安排飛機。」

「王興，真的不用。」

「我陪你一起，我也想見家長。」

「她不是一個可愛的長者。」

「我懂得遷就。」

「那我好算衣錦還鄉了。」

阮升滿以為母親年老體弱已回心轉意，可是不，她的一雙肉裏眼骨碌碌打量王興，開頭不說話，過一會問題多多，打探王的身世家勢，最後這樣說：「我家阿升，既漂亮又聰明，誰跟她在一起都是福氣。」忽然將女兒在對象前升級。

王興忙不迭點頭，「是，是。」

他送上各式名貴禮物，最有趣是一隻小小紅木箱子裏放着廿枚一安士重鷹揚金幣，像月宮寶盒，十分發噱，講到送禮，無人能及華裔。

不過，阮媽總有本事剔出錯誤：「他結過婚，有一子，你有本事做晚娘嗎。」

阮升不回答。

阮升發覺，對付尷尬的人，突發的事，最好是不說話。

阮母仍忍不住踩一腳，「啊，你也不是第一次，年紀不小了，要生快點生，免得難產。」

三人吃一頓十分考究的上海菜，阮母也知道不便宜，仍不領情，「火腿價錢吃豆腐」，十分不屑。

這回阮升心安理得，又一次告別母親。

下一次見不知什麼時候，她握住母親的手緊一些，母親卻不願溫存，皺着眉頭打量女兒戴着的項鍊，「人家珍珠又圓又亮，你的像爛牙齒。」

阮升笑。

她只喜歡有欠完整的巴洛克珠子，因為，它們像人生。

沒有解釋，離開娘家。

王興還安慰她，「全世界所有大媽，都一個樣子。」

「你家王大媽就例外。」

「怎麼說呢，我特別幸運。」

回到酒店，王興問：「阮媽不反對我們結婚吧。」

阮升轉頭，「誰要結婚？」

這時，有人叫王總。

一聽這「總」字，阮升便想起一個中年男子，鼻子油膩，目光精刮，生意頭腦如計算機，王興也是這類人？不像呀。

她剛想避一避，抬起頭，怔住。

王興已在介紹，「我未婚妻阮升，咦，阮太太，你們是同鄉。」

對方一時沒把她認出來，可是阮升卻一眼便知道那阮太太正是她後母。

她身後還跟着粉妝玉琢的兩名女兒。

電光石火間，阮升整理思緒，非常平靜地說聲：「大家好，我是阮升。」

各人都怔住，尤其是阮太太，即時補回笑臉，「升，你好，大家一起吃飯吧。」

十多年不見，就這樣，又成為一家。

這王興在外地位一定頗為顯貴，不然，她的親人怎麼會大幅轉變態度。

後母連忙踏前一步，「升女越來越漂亮，阿臨阿觀，快來叫姐姐。」

兩個漂亮妹妹立即鶯聲嚦嚦問好攀談。

王興緊緊握住阮升手。

後阮太太哈哈由衷大笑，「王總，原來是自己人。」

她聰明女兒指正，「女婿是半子。」

一定要拉着吃飯。

阮升已經撐不下，只維持微笑。

不一會王興的秘書送禮物過來。

阮太太說：「王總你何必客氣，我實話實說，你在敝公司合約上簽署大名才是正經。」

她女兒嬌嗔說：「還叫王總。」

她們打開禮物，「唷，正是剛才我瞪着眼看半日的項鍊。」

她們的母親說：「太失禮了。」

阮升一語不發一直陪笑，不要說嘴角，連頭皮都發麻。

稍後，王興說要休息，退席。

他心裏想：可憐的阮升。

臨走他說：「阮太太那份合約我完成手續後送還。」

那後阮太太眉開眼笑，但忽然眼角發紅，她這樣說：「阿升，謝謝。」

阮升說不出話。

她緊緊繞着王興手臂離去。

自此，她身份不一樣，站着動也不動，就有人奉承，難怪都說女人要嫁得好。

阮升欲哭無淚。

早上，王興自鄰房過來，身後跟着一個珠寶店女職員，打開盒子，讓阮升看首飾。

阮升一看，嘆口氣，「不用這些。」

「總得選一枚訂婚指環吧。」

王興替她挑一枚簡單圓形鑽石，套到她左手無名指，「你戴簡單飾物就很好看。」

又選同樣大小鑽石獨立耳環戴上。

「夠了夠了。」

女職員笑，「真好看，素淨美配王太太氣質。」

「項鍊不可少呵。」

「誰家的王法？」

王興只是笑。

女職員取起一條，在阮升脖子上比試。

阮升說：「你快走。」

女職員笑答：「謝謝王先生王太太。」

阮升指着王興說：「不要抬舉我改變我裝飾我推拉我，你會惹惱我。」

王興舉手投降，「是是是。」

阮升吁出一口氣。

自那天之後，阮升睡得很好，午夜，至多醒一次，轉一個身，呆一會，絲毫沒有牽掛，又再入睡，她知道心底有許多嚶嚶哭聲，都是一些破舊不愉快記憶成了精，蠢蠢欲動想鑽出纏擾，但她堅決不讓它們見到陽光，她說沒事，就是沒事，繼續憩睡。

深夜，準備一種新玩具的宣傳計劃書，她厭倦大鑼大鼓明星登場，想用一班五—八歲兒童真實試玩，建議寫到一半，忽然疲倦。

正想休息，聽到有聲音清晰地說：「阮小姐，恭喜你。」

她嚇一跳，平面電腦摔下，撞翻筆筒及咖啡杯，相當狼狽。

她霍一聲轉頭，順手取起裁紙刀。

那人不知如何進屋，穿黑衣，戴帽斗，阮升對他並不陌生。

她吸進一口氣，「你！」

那人訝異，「你應對我友善才是呀。」

「你又來幹什麼，命運先生。」

「你終於知道我是誰了，我來看你轉運之後情況如何。」

阮升嘆氣，收拾桌上殘局，拭乾淨電腦。

「請坐，」她說：「可要喝什麼，可以摘下帽斗否？」

「對不起，我皮膚不好。」

「飲食要清淡點。」

真好笑，竟與命運大神談到起居飲食問題。

「阮升，好嗎。」

「託賴，真得感激你，再給我一次機會。」

「你配合得極好。」

阮升點點頭，「遇見你太幸運。」

「別客氣，你與王先生會得白頭偕老，並且會得養育一名可愛女兒，叫什麼名字，阮離？改一個姓字，王離也很悅耳。」

「你太刻薄。」

他哈哈笑，「我是命運，我不刻薄，還有誰呢。」

阮升默默看着他。

「還有什麼遺憾？」

「縱使舉案齊眉，到底意難平。」

「人心不足，不以為奇。」

「一日下雨，下班走到門口，聽到機車引擎聲隆隆，忽然想起，那時他來接我下班，他淋得像一隻狗，仍然咧齒微笑，雪白牙齒，豐滿嘴唇，煞是好看。」

命運訝異，「你想怎樣。」

「在未結婚時與他分開，或是從來不認識他，受的創傷可能會輕些。」

「但不受教訓，你不會欣賞王先生的優點。」

「在你的眼中，我是一個不知好歹女子。」

「我被你氣壞。」

這時，阮升已累得睜不開雙眼。

「明天我還要上班。」

「你已是富太太，還上班？」

「能做多久就多久，人貴自立。」

黑衣人說：「連命運都說不過你。」

這時，阮升累得咚一聲頭倒在書桌上睡着。

——第二節結束

（雖然說，命運給了阮升第二次機會，但是，還得靠阮升自己捨得、放下。一些人，就是堅決要申怨、抗辯、解釋，「不不不，我沒錯，誤我是對方無良……」糾纏半世。

阮升說，希望從未遇見田大壯這個人，這種牢騷，也常常聽到：「但願從來不曾認識你。」

生命中沒有田大壯的阮升，會真的快樂得多？確值得探討可是。

請看下去。）

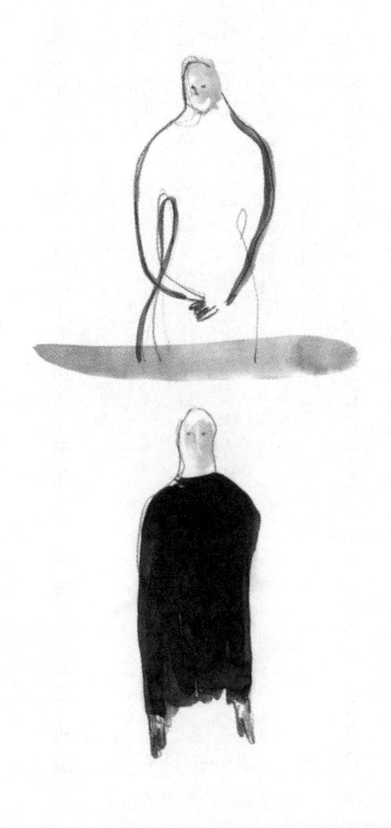

鬧鐘鈴鈴響，阮升自夢中驚醒。今日有面試！她連忙梳洗更衣。

新西服是向母親借五百元購得，是她有生以來最名貴一套衣服，說明分期歸還款項。

為什麼女兒要問母親借錢作正當用途，而母親居然理所當然要求歸還，有點奇怪，但一家不知一家事，也不必多加研究了。

阮升忽忽出門。

這家公司，叫華北礦業，聘請接待員。

給母親知道，又會說：「讀完大學去做女招待。」

凡百從頭起，阮升倒是看得開。

她早到，坐在長櫈等候面試。

對面有一個中年人，也在等約見，看到一個清麗年輕女子，善意點頭，遞上一張名片，「我是劉才，主持一家推廣公司，你來見工？」

阮升點點頭。

「你對礦業有何認識？」

阮升微笑，這位劉先生，口吻如主考人。

她輕輕答：「我讀過一些資料，知道華北礦業已有相當歷史，一直在東北三省開拓，主打油砂，稍後發展金銀銅鐵錫，主要客戶在北非，尤其是金礦，產量甚豐，華北起用水壓開鑿礦場，以免污染，進行綠化……」

她說了足足五分鐘。

那劉才嘖嘖稱奇，「嘩，這位小姐，你彷彿是華北的公關主任。」

阮升微笑。

這時有人在他們背後說：「是阮小姐吧，你最快幾時可來上班。」

阮升抬頭一看，有人站在辦公室門口，看樣子就是約見她的主管王興。

她飛快答：「明天。」

那人真爽快，「那麼，明天見。」又對劉才說：「劉總，讓你久候，不好意思，快進來說話。」拉着人客進房。

阮升沒想到運氣這樣好，怔怔站着。

接待員走近，「你好，阮升，我叫瑪茜，是你同事了。」

阮升連忙招呼：「請多多指教。」

兩個年輕女子約了吃午餐。

聰明時髦的瑪茜喜歡阮升樸實清秀，與她完全不同類型，毋須競爭。

她這樣說：「今日做老闆真划算，十年前，如此薪水，只能請中學生，今日，打雜都是大學生。」

阮升何嘗不感喟，找到工作，有正式收入，仍然得住家裏。

「算是第一步。」

「你這樣樂觀就好。」

說是說接待員，什麼都做，整理資料，回覆客戶，做年報、匯款，像一頭家一樣，還得做茶與咖啡應酬客人。

月尾，還錢給母親，阮母問：「家用呢，至少得付房租吧。」她並不愁錢，卻喜討錢。

阮升只得就範。

否則，所聽碎言更多，面色更加難看。

阮升見母親門牙最近又缺一角，關注問：「可要看牙醫？」

「除出你誰看得見，五百元夠看牙醫？」

阮升連忙避開。

婦女一定要有自己收入，靠贍養費，心怯，越做越縮，只曉得扣剋與抱怨。

非要有固定職業，雙手勞力所得，才叫牢靠，放心買果子吃、做頭髮、穿時裝、看醫生、吃藥……當然還要積蓄，否則，一輩子飛不出去。

一份工作是不夠的。

阮升找兼職，若有一份半收入，那麼，就可以正正經經儲蓄。

一日，劉才給她電話。

「阮小姐，記得我嗎，我的推廣公司需要人手幫忙，你週末可有時間？」

「有，有。」

這樣，阮升又認識另一位新同事莉莉。

「我們這裏要時時鞠躬哈腰車馬前。」

阮升答：「不怕，我臉皮厚。」

「劉先生明知你已有工作，可是他喜歡你精乖伶俐，大嘆被華北礦業捷足先登。」

阮升訝異，「我哪裏有你們說得那麼好，家母常嫌我又蠢又醜又懶。」

「什麼？！」

兩邊的上司同事都喜歡阮升。

她做一份半工作，下了班又跑另一家。

辛苦，漸漸消瘦，午時伏在桌上小睡，這些，王興都看在眼裏。

然後，那樣年輕的身軀也起抗議發牢騷，每到下午，她會發燒，只一度半度，已經頭暈眼花，臉頰泛紅，而且，她有咳嗽。

王興叫瑪茜押阮升看醫生。

我沒事我沒事，她一直嚷。

醫生一聽症狀，嗯一聲，「你要照愛克斯光，還有，驗血，不妨告訴你，這完全是肺病徵象，從今日起，全天候戴口罩，但不要怕，可以治癒。」

唷，阮升想，出師未捷身先死。

連忙看瑪茜神情，她一絲嫌棄也沒有，只是關切，「你看你，熬出病來」，這人可以做朋友。

王興着她休息。

幸虧醫生報告有好消息：「阮小姐只是氣管炎，請來取藥，兩星期可告復元。」

阮升心灰，從此不敢水裏去火裏去，酌量力氣工作。

「身體最重要，」瑪茜説：「我們這些沒有家底的子女，只得靠四肢。」

「還有頭腦。」

「我不知道你有腦子，阮升，你捱到生病，不是聰明人。」

「明白。」

一日，與瑪茜結伴到銀行替公司兑換本票，在大堂遇見熟人。

瑪茜見對方是一雍容華貴中年女子，一身裝扮低調考究，氣度不凡。

阮升向她微微鞠躬，一言不發，轉身到櫃枱排隊。

瑪茜問：「誰？」

阮升輕聲答：「家父的新妻子。」

「什麼？」

這時有個穿制服的司機走近，「太太問大小姐，可要一起喝茶，二小姐與三小姐也一起。」

阮升也很客氣，「我還要回公司工作，替我謝謝你們家太太。」

司機點頭離去。

瑪茜嘖嘖稱奇。

「你家富有！」

「那是另外一個家。」

「我不相信他不照顧你。」

「的確有付家用，但家母心理受壓，去到奇怪地步，家裏只吃鴨蛋，因為比較廉宜。」

「不妨，一般營養。」

「不要說了，回去工作。」

「阿升，我不知你身世如此離奇。」

阮升不再說話。

回到公司，兩人立刻停止絮語，即使手頭沒有工夫，又無客人在場，也不閒談聊天，這種操守，讓王興欣賞。

他曾去過一些公司與商店，客人歸客人，職員是職員，嘻嘻哈哈，說個不停，氣氛太過愉快隨和，不似工作之處。

但王興也規矩，從不揩女職員油，説話，保持距離，語氣，維持禮貌，也得下屬讚許。

整家辦公室懂自律。

一個人，還有什麼比自律更加要緊。

身體復元，阮升又趕夜工，但縮短時間，九時前必停。

瑪茜去買飯盒，她獨自挑燈夜戰。

忽然看到一個黑影站門口。

她吃驚，站起，順手抓起裁紙刀，藏身後，她提高聲音吆喝：「誰！」

她又找到哨子，當比她聲音大十倍。

阮升驚恐，渾身肌肉僵硬，有極之強烈不吉預兆。

這人身形好不熟悉，似在什麼地方見過，如此高大，魁梧，假使撲上非同小可。

他揮手，「不要怕，不要怕，我來找人。」

「找誰？」

「瑪茜。」

這時瑪茜碰巧買了晚餐回來，一看，「是你，田大壯，」一手開亮頂燈，「你怎麼進來，你有什麼企圖！」

「我想問你有無見過——」

「她不想見你，請勿纏擾她。」

那田大壯把黑色帽斗摘下，阮升看清楚他面貌，這人分明是混血兒，五官極之漂亮，長鬈髮紮在頸後，棉背心外套件皮夾克，活脱是個不羈浪人，有些女子，最喜歡這種男人。

他說：「是阿姬約我在這裏等。」

「什麼？」

「她主動要求復合，並非我纏擾。」

「這阿姬！」瑪茜頓足，「我們到外邊説話，你別嚇壞我同事。」

她拉他走。

阮升鬆口氣坐下，又是一個「某人對不起某人」故事。極之奢侈，把時間浪費在這種最虛無飄緲的事上。

她預備下班。

這時，發覺門外站着三個人。

瑪茜，那男子，以及叫阿姬的女子。

奇是奇在他們並非三角關係。

看情形是瑪茜多事，干涉那阿姬與男子復合，當然，瑪茜是為女友前途着想，但別人的事是別人的事，干涉私事十分不智。

假使阮升再插上一腳，更加愚蠢。

她聽見阿姬飲泣。

瑪茜說：「阿姬，你必須戒除這毒癮。」

危險！

不可如此侮辱那男人。

阿姬哭泣，「瑪茜，你別管我。」

「你一定要自救，否則，無人可救你。」

「我一直感激你關心我。」

瑪茜頓足。

「我走了，再見。」

忽然聽見那男子說：「剛才嚇着你同事，請代我致歉。」

「滾，滾。」

那田大壯倒是罵不還口，不與女子計較，與女友阿姬離去。

升降機大堂恢復靜寂。

瑪茜嘆口氣，「我們下班吧。」

阮升這時才勸：「你別管人家感情事，人家飲水，冷暖自知。」

「難道見死不救？」

「哪裏死得了，人家痛苦中自有快感。」

瑪茜有發現：「你手裏握什麼那麼緊。」

一看，發覺右手是一支鉛筆，左手是一塊橡皮膠，她啼笑皆非。

阮升原以為抓着裁紙刀與哨子。

慌中有錯，她連忙丟下鉛筆與橡皮膠。

瑪茜抱怨，「唉，都愛欺侮孤女。」

「每個人都像一座孤島，」阮升說：「人要自家爭氣。」

「我就是佩服你這一點。」

「剛才張望，發覺你的朋友阿姬相貌出奇陰柔，現代女性極少如此癡情。」

「她總是希望被愛，失敗多次。」

「該願望十分渺茫。」

「你也看得出那田大壯不是願意照顧人的樣子。」

「為何分手，復合沒有幸福，以前的紕漏，全部還擺在那裏。」

「她貪圖對方美色。」

「嘿！」

瑪茜笑，「你似不屑。」

「再美麗皮相，也只燦爛三五七年，瑪茜，努力拓展內涵是正經。」

「阮升，你真有趣。」

「右鄰大廈開了一家化妝品綜合店，全世界產品都有，七彩繽紛，美不勝收，由淺至深，色料版上顏色分類之細，有時連視網膜也分辨不出，還有各式粗細畫筆，均為畫皮所用，把聊齋中著名鬼故事昇華到另一境界，極之詭秘，顏色果真那麼重要？」

「給點顏色你看看。」

「一起吃甜湯吧。」

「你還是回家休息吧，升，大病初癒。」

說得也是。

回到家，阮母見到她，便一聲長嘆。

阮升躲到牆角。

「你父親差人找你。」

阮升不出聲。

「這是向他要錢好機會。」

「他說明在離婚時一筆付清，你在文件上簽署以後再不糾纏。」

「那是我，現在是你，你得為自己打算。」

「我已成年，我自己會得掙扎。」

「你想爬到幾時？」

「要多久便多久。」

「你會後悔。」

「那也是我的事。」

「你早晚會爬回家來。」

「不，我不會，母親，你放心，我不會動用你的金磚。」

阮升決定搬出住。

莉莉問：「為什麼不去見你富有父親。」

「因為許多自幼失父或失母的人也能奮力成長，牛頓是遺腹子，一生沒見過父親的臉。」

「你是牛頓嗎。」

「我不想自身一事無成便怪父母賴社會。」

「那你苦苦奮進吧，偏激固執的阮升。」

阮升搬到瑪茜的小公寓住，那處有一間小小貯物室，剛好放得下一張單人床，關上門，剩一條縫子，可以樂觀的說：十分具安全感。

那也是阿姬從前的住所。

過農曆年，老闆發紅包，在著名火鍋店請客。

食材名貴，同事十分高興，尤其是阮升，第一次享受過年，樂得飛飛，拿着筷子，不知夾貴妃蚌還是鵝腸好，她不自覺把筷子尖含嘴角一刻，猶疑不決。

王老闆坐她對面，看在眼內，怔住，少女笑靨可愛，嘴唇豐滿，他忍不住遐思：能做那雙筷子嗎，心猿意馬。

剎那間把漲紅的臉轉開，不敢逼視。

他忐忑不安，食而不知其味。

吃完飯，大家鞠躬，「謝謝王先生，我們一定更加努力工作。」

瑪茜與阮升繼續往喝咖啡。

「你猜我們吃那麼多，積至三十歲發作起來，會怎麼辦。」

對她們來說，三十歲彷彿是人類壽數極限，再過去，算是老人，活着也等於白活。

阮升笑嘻嘻，「管它呢。」

「王先生今晚悶悶不樂。」

「他是老闆，定有壓力。」

「他同王太太辦離婚。」

「啊。」

「兩人有一個孩子，還很小，我見過一次，異常聰敏可愛，父母分手，他要吃苦。」

阮升輕輕說：「誰不吃苦，你、我，誰堪稱幸福，託世為人，若不知人間沒安樂土，也太愚蠢，我們不過就命運發給我們的一手牌，盡量做得最好罷了。」

瑪茜喃喃說：「命運大神，到底什麼樣子，是否真有此君。」

「千年傳說，大概冥冥中是有這股力量，如汪洋中一股逆流，總不讓人稱心如意，以致男兒壯志未酬，女兒心事虛話。」

「他不是人形嗎？若果命運化為人形，將是什麼模樣。」

「身披黑衣，戴帽子，遮掩猙獰容顏。」

「為什麼不讓人看清他樣子。」

「如此作弄人類，還好意思露臉嗎。」

「哈哈哈。」

許久沒換被褥，有阮升熟悉自身體臭味道，睡上，極之親切，易做好夢。

阮升老做一個買衣服的夢，某店大減價，衣服式樣都適合上班女子穿着，阮升卻往往擠不進去，徒呼荷荷。

平日，她盡量穿戴整齊，永遠的深色套裝，白襯衫筆挺。

一日，王興問：「我要往加國育空視察，阮升，你可有護照，與我出差。」

阮升一怔。

王興說下去：「瑪茜，你守店門。」

瑪茜爭取，「我也去，王先生你在總公司抽調人手站崗不就可以。」

「下半年到北海道才輪到你，你可以學滑雪。」

瑪茜這才不言語。

阮升卻忐忑不安，一個年輕女子，隨中年老闆出巡，非小心翼翼不可。

千萬不能喝酒，衣着端莊，行為舉止越呆板越好，不要亂笑……

瑪茜說：「王老闆不是那樣的人，我跟他去過加國滑鐵盧做研究，七天之內連話都沒多說半句，一味做記錄，相當辛苦，回來給多一個月薪水，作為苦難補償，不過，卻是學習好機會。」

「多謝提點指教。」

瑪茜是好同事好姐妹。

「對，那個阿姬，怎樣了。」

「不管她啦。」

瑪茜送她兩件電暖背心，「十一月，去育空，那可是北極圈以內的地方。」

「哪裏來的好東西。」

「客戶新發明，打算推廣，等你回來策劃如何促銷。」

阮升與王興出發，只在溫哥華停留一日，辦些補給。

只見藍天白雲，青山碧水，山頂還有白皚皚積雪，驚艷，最重要是無論是旅遊點、銀行區、商場，都不擁擠，亦無人大聲吆喝，一般市民，相當禮貌，臉帶笑容，讓路、拉門，會說謝謝、對不起。

王興似知道年輕的阮升有點天真，他說：「世上每個地方都有陰暗面。」是，是。

他帶她參觀面積廣袤的城市公園與大學校區。

王興說：「這是市內最貴重的兩幅地皮，平坦，面海，但都闢作公眾用途，給普羅市民享用，這叫民主。」

阮升已熟讀加國歷史，微笑點頭。

乘小型飛機抵達育空，氣溫是攝氏零下四十度，阮升摸摸面孔，已無知覺，連忙躲入室內。

王興見她沒叫救命，詫異，阮升出示暖背心。

王興歡喜，「啊，回去一定要大量搜購，有利員工。」

連日開會，做記錄，王興要求高，會議筆記得即晚整理出來，打好，翌日派發給與會人士，阮升一一做妥。

她吃大塊肉補充體力，以為是雞牛羊，其實是麋鹿海豚。

眾人喝啤酒，她涓滴不進。

沒有事，八時便休息。

在北極圈，冬日，整天沒有日光，陽光十二月廿一日左右在北回歸線已經調頭，不再照射。

但一夜，赫斯基犬對牢天空驚慌號叫，大家走到空地，看到奇幻瑰麗北極光。

阮升發獃，一動不動，仰看奇景，冷得牙齒格格相撞。

這是神秘命運大神的另一化身嗎。

這次出差，收穫真不少。

回程飛機上，王興對阮升說：「我有話說。」

「是，王先生。」

「我們認識多久。」

「一年。」

「你怎樣看我這個人。」

「聰敏、坦誠、勤工，對下屬友善，很樂意為你服務。」

「但是，」，他微笑，「不夠英俊。」

什麼，這句話太私人了。

阮升有點不妥，但得體回應，「鬚眉男子，講的是氣概。」

他高興：「女子也以氣質為上。」

阮升閉上雙目佯裝休息。

忽然聽到這一句：「升，你願意接受我的追求否。」

阮升睜大眼，看到王先生燒紅的耳朵。

這一驚非同小可。

「這——」

「我知道你沒有男朋友。」

阮升想到最大障礙，「王先生，你已婚。」

「離婚手續在兩年前開始辦，那時我還不認識你，與你無關，前天，律師告訴我，我已是自由身。」

阮升微笑，「王先生，我不適合你。」

「是年紀的緣故？我看上去比較老成，真實年齡三十五。」

阮升直笑，「不不，太突然了，我沒想到。」

王興說：「我也沒想到，想得到的，只是生意上數據。」

這句話，感動阮升，她吁出一口氣。

卡在飛機座位上，動都不能動，也沒人替她解圍，確是把話說清楚的好地方。

「升，我可以替你辦入學手續，看得出你喜歡校園，有心嚮往之的神色，然後，在加國入籍，你說如何？」

阮升怔着，這，同包養有何分別。

王興這種中年生意人，不諳追求之道。

她緩緩答：「我已受夠大學拘束生活，不想回轉，我只想勤力工作，開拓新一頁，置業，獨立。」

「我可以幫你。」

「王先生，」她給他看攤開雙手，「這雙手雖然小，屬於我，不是你。」

王興忽然明白，年輕女子有性格有志向，情願靠自身。

這時阮升握住王興又厚又大的手，微笑，她就是喜歡男子有這樣的手，她說：「王先生，你解除婚約之後，喜歡追求誰都可以，你知道我沒有男朋友。」

王興鬆口氣，她沒有拒絕，只叫他努力。

「我太唐突。」

「正如你說，感情不是請客吃飯，沒有預約，只有突發。」

阮升閉上雙目，這次是真的入睡。

她見到一個黑衣人在飛機艙走廊一閃而過。

誰！

這時王興輕輕說：「到了。」

阮升佯裝剛才那些對話從來未曾發生過。

她也不用休息，回到公司，繼續整理文件，編成一本冊子，吩咐人釘裝，放王興桌上。

瑪茜說：「三年前我也似鐵打，完全毋須休息。」

阮升送上禮品。「這是當地原住民銀鑄飾物，這枚墜子是一隻雷鳥，即老鷹，你看可喜歡。」

「真特別。」

「我給莉莉也選了一枚。」

「讓我看看。」

「公平起見，不可以給你先挑。」

「你看你，難得有古板老闆襯四方伙計。」

她去照鏡子。

回轉後阮升如常工作，不卑不亢，絲毫沒有恃寵生驕。

但生活有了些微轉變。

著名時裝店忽然有電話找她：「阮小姐，新一季春裝剛到，請移玉步參觀，你有賬號在此。」

玉步，阮升忍不住咧開嘴笑，華裔捧人真有一手，英語中從來沒有類此詞彙。

冰雪聰明的瑪茜看出眉目。

「不要放棄機會。」她說。

阮升不作聲。

她與王興吃過一兩次飯，他喜歡西菜，可以獨自吃十二安士牛肉，阮升選雜菜沙律，各適其適。

王興不嗜餐酒，「我根本喝不出好歹」，就他一人老實，「醉醺醺，如何做事。」

阮升越來越欣賞他。

一日上班，瑪茜早到。

「升，兩件事。」

「請說。」

「一位殷律師，找你說話，已來電三次，好似頗急；二，我把阿姬安排睡小房，我與你睡大房，擠一擠。」

阮升「啊」一聲。

「不歡迎她？」

「這女孩是蜂巢，許多麻煩會跟着她。」

「但我是她朋友，應當救急。」

「你喜歡收集難民。」

瑪茜瞪她一眼，「你才是難民。」

阮升聯絡那位殷律師。

「阮小姐，你來一趟。」

阮升告假兩小時見殷律師。

沒想到一進去便看到後阮太太。

她一身黑色正式素服，不是濫竽充數胡亂找一件黑色衣物頂替。

阮升暗知不妙。

殷律師請她們坐。

「阮小姐，你父親有遺產交給你。」

阮升一震，耳邊嗡嗡聲，終於離世了，這個在她心目中一早辭世的生父終於結束地上生命。

她垂頭不出聲。

後阮太低聲說：「他想見你一面，可是公司說你出差。」

阮升呆板點點頭。

「他有一筆現款，存到你名下，這是收據，請你查收。」

阮升茫然，「給我？」

「請在此處簽署。」

阮升一看零位，是七位數字美元，對她來說，當然是巨款，但恐怕只佔父親財富的一角，後阮太在此，是要監督她收下，以後不得追究。

阮升明白。

她執起筆，簽下姓名。

向後阮太點點頭，站起預備離去。

殷律師說：「阮小姐，這筆款子，最好用來置一層小公寓，進可攻，退可守。」

阮升微笑，「我也這樣想。」

聽得出殷律師是真心為她好，怕她遇到騙子。

「我可以讓同事陪你物色居所。」

人。

「那敢情好。」

後阮太說：「我先告辭了。」

對於阮升並無節外生枝，深覺幸運。

她兩名花枝招展的女兒在門外等她，並不見得特別悲傷。

很禮貌的叫聲：「大姐姐」。

真是，為什麼要不客氣呢，為什麼要失禮於外人呢，阮升，不折不扣是外人。

殷律師的助手出來招呼。

「阮小姐想看什麼樣房子。」

「最好有海景，最多一梯四伙，市區，在海島這一邊。」

「啊，我替你找，那該是上世紀中葉建成屋宇。」

很快有地址有價目。

殷律師說：「升，你父親囑我代表你。」

「謝謝。」

翌日下午，公司沒事，阮升去看房子。

第一間就喜歡，大露台伸出可以觸到鳳凰木頂的紅花。

「就是它吧。」

「阮小姐真爽快。」

「可否即時搬入。」

「一定可以。」

房屋中介相當歡喜，老公寓超值，但沒有電梯，又在山上，附近沒有名校，交通不便，一直乏人問津，難得這阮小姐喜歡。

殷律師助手笑，「極配阮小姐氣質。」

阮升回公司，把這事告訴王興。

王興頹然，「你原來是女承繼人，這下子可不當我是一回事了。」

「怎麼會，」阮升微笑，「現在你可以知道，我如果喜歡你，不是因為你有錢。」

「那麼，你喜歡我嗎。」

阮升笑吟吟，「那就要看你的了。」

得到那樣大的鼓勵，王興咧嘴笑得似孩子。

過兩天，一早，只有阮升一個人在公司，突然有訪客。

阮升沒有開大燈，光線略暗，也看得出是個標致女子，身段尤其好，腰身極細，長腿。

她走近，「全女班只你一人當值？」

語氣親暱，似煞熟人，但阮升從未見過她。

阮升連忙站起招呼，「這位女士找誰。」

「我是王太太，我找王先生。」

阮升一怔，仍然自稱王太太，可見還有留戀。

「王太太喝茶還是咖啡。」

「你們這裏，可有一位阮小姐。」

阮升剛想回答，瑪茜剛好進門，提高聲音：「還不快去做杯黑咖啡，加一粒糖，」瑪茜說下去：「王先生稍後即返，可要催他。」

「不用，我坐着等他。」

她走入私人辦公室。

晨曦中，看得出她濃厚脂粉下五官有明顯斧鑿痕跡，鼻翼兩葉連收窄處針孔都看得清。

瑪茜不敢直視，端上咖啡，退出，對阮升說：「你出去逛街避一避，一小時後才回轉。」

阮升點頭，立刻出去。

在升降機大堂碰到王興，「咦，你匆忙去哪裏？」

阮升微笑，「小人惶恐，小人往避鋒頭。」

王興一聽便明白。

他走進辦公室，瑪茜說：「王太太等你。」

他等前妻先開口。

那女士說：「我來請教你，兒子往英國寄宿可好。」

「過兩年再說。」

「路過順道看你，生活如何。」

「如常，多謝關心。」

「我要啟程赴美了。」

「知道。」

「咦，那阮小姐何處去？」

「大抵往銀行。」

「那女孩運氣好，各人頭上一爿天。」

「如果沒事，祝你順風。」

「謝謝你。」

她有點無奈，由瑪茜送出門。

她輕輕說：「像陌生人一般。」

瑪茜沒回答。

她一走進升降機，瑪茜便用電話通知阮升：「可以回來了。」

阮升施施然帶着飲料點心回轉。

王興一直在房內埋頭苦幹，下班也不出來。

瑪茜與莉莉到阮升新居參觀。

「好地方，但為什麼空蕩蕩。」

「無牽無掛。」

莉莉問：「你看到王先生的前頭人了？」

瑪茜這樣說：「你會不會整張臉做過？」

「現在連男性也做眼整鼻磨腮塑下巴。」

「要做，得狠狠花一筆往加州比華利山找名醫。」

然後，又回到正題上：「那位女士，是特別來看阮升的吧。」

瑪茜點頭，「女人通病。」

「為什麼一定要看個清楚呢，明知人同人沒得比。」

阮升說：「小人再平凡不過，芸芸眾生，車載斗量。」

「不，」莉莉說：「你有智慧。」

阮升忽然想起，「那阿姬在你處已有三五日，情況如何。」

「整日躲房內，我也忙，不大見到她。」

阮升此刻心血來潮，「我們這就去看看，莉莉，你也一起。」

瑪茜遲疑，「她的私隱——」

一進門，莉莉便縮鼻，「什麼味道？」一股腥臭。

阮升二話不說，推開小房間，裏邊一團糟，沒開窗，也沒開燈，人不在，氣味撲鼻。

阮升連忙打開小窗通氣，開着風扇勁吹，這時，看到一床是乾枯血漬，「瑪茜，你太疏忽」，她們到處找，在衛生間看到蹲在地上的阿姬，蓬頭垢臉，面孔像幼兒骷髏。

阮升立刻說：「叫白車。」

她用一條毯子裹住那女子，抱到客廳空氣流通之處，給她喝溫水。

瑪茜懊惱流淚，「我太粗心。」

「不怪你。」

那阿姬已淪半昏迷，緊緊握住阮升的手。

救護車很快來到，把阿姬放上擔架，阮升自告奮勇與瑪茜跟車。

「莉莉，你找人來大掃除。」

在急症室才知情況凶險，阿姬需要輸血，及收拾江湖郎中做壞的流產手術。

結果是「病人已不能再度懷孕」，以及「遲來半日都有生命危險」。

是阮升救了她。

當時，阮升像是在耳畔聽到一句話：「快去看那個叫阿姬的女子。」

她並不認識阿姬，不知如何突然熱心。

阿姬醒轉，沒有言語，也不哭，只握緊女友的手。

莉莉帶來甜麥片粥餵她。

公立醫院大房間人來人往，像個墟場，阿姬左鄰右里整日整夜呻吟，阮升替阿姬轉醫院。

「費用——」

「由我負責。」

換到私家醫院，莉莉嘆口氣，「世路難行錢作馬。」

瑪茜則說：「有錢可使鬼推磨。」

阮升說：「別氣餒。」

這時阿姬想吃雲吞麵。

她臉上有一絲人氣，活轉來了。

沒想到田大壯這個人會找上門。

休養三日，病人終於可以回家。

阿姬看到小房煥然一新，污穢衣物全部洗淨，床邊一大碗切開檸檬香氣撲鼻，她剛要說謝，阮升阻止，「在外靠朋友」。

她取出新置一大疊內衣褲給阿姬替換。

阿姬說：「無以為報。」

「離開那男人。」

阿姬面有難色。

莉莉瞪阮升一眼。

就在這時，瑪茜說：「阿姬有訪客。」

阮升說：「她對他死心塌地，是有這種不爭氣女人，壞了女子名譽。」

「施恩若望報，就不算恩典。」

田大壯站門外，穿白襯衫藍布褲的他並不難看，但阮升覺得他討厭如一隻陰溝老鼠，走近一些都會染到黑死病，用低沉不友善語氣：「什麼事？」

「我接阿姬回去。」

「阿姬差些踏入鬼門關。」

「那不是我的意思，她自作主張，我知道已經太遲。」

阮升最看不起沒有肩膊的男子，踏前一步，一時衝動，真想請他吃耳光。

瑪茜擋住她，「田先生，你先回轉，讓她休養幾日再說。」

那田大壯對阮升厭惡之情覺得突兀，一向以來，有生之年，自五六歲有記憶開始，女性都喜歡他，見到他會自然微笑，而這位阮小姐視他為蛇蠍，什麼地方得罪她？他摸不着頭腦。

但他並沒有「我有辦法叫你喜歡我」這種想法，他正忙得不可開交，當下，他點頭，「我的酒吧叫黑天鵝，這兩天就要啟業，有空請來觀光。」

他把花束與水果留下，轉頭離去。

莉莉訝異，「阮升，我從未見過你那麼憎恨一個人，你並不認識田大壯。」

「一條毒蛇昂頭嘶嘶作響，你會要瞭解它？這人的負能量充滿氣場，避之則吉。」

瑪茜揶揄：「你還會看氣數。」

「他遲早害死阿姬！」

「沒你們的事了，我請了阿嬸照顧病人。」

又過幾日，聽說阿姬已可以外出。

阮升又去看過她一趟。

阿姬蒼白小臉，襯長及腰部黑髮，看上去像一隻幽靈，從前那些許媚態蕩然無存，但她還年輕，有機會恢復舊貌。

阿姬握住她手，「有能力立即還你。」

「別操心，好好工作。」

黑天鵝酒吧開幕那一日，瑪茜問阮升：「你可要去看看？」

「我不去那種罪惡地方。」

「阿姬站在櫃後招呼人客，她把積蓄全部投進，難以回頭。」

「胡說，一個人，隨時可以脫苦脫難回頭是岸。」
瑪茜嘆氣，「她欠他的。」
「不，她自甘如此。」
「別說那個，你與王興進展如何。」
「下月到北京與他家人見面。」
「提醒你，你那偏執牛脾氣，可別使將出來。」
瑪茜也覺不好意思，「是我多管閒事。」
去北京一個星期回來，阮升容光煥發。
她告訴女友，「四代同堂，光是叫人，需要五分鐘。」
「待你好不好。」
「真覺溫暖，大家庭，有照應。」
「王小先生與你可合得來。」
「那是個懂事的好孩子。」

「幾時結婚？」

「明年初。」

「大排筵席還是選擇低調？」

「靜靜就好。」

「我也猜到阮升你會作如此選擇。」

阮升提醒自己：是見母親的時候了。

但一個人天性總會把不愉快約會如看牙醫這種事推遲押後，阮升也不例外，遲遲未返娘家。

王興說：「我陪你，我是女婿。」

阮升點頭。

「我去辦禮物。」

送什麼？瑪茜陪着阮升辦貨。

瑪茜挑黃金與鑽表，一大疊金幣裝小型首飾箱內，又問：「老人家都喜歡翡翠吧。」

「不用了，夠了。」

「你不必替王先生省錢，也就這麼一次罷了。」

終於挑一塊雕刻成桃子的綠玉。

送到娘家，阮母淡淡問：「這算是聘禮，還是見面禮。」

王興得體地說：「見面高興，我們另外物色房子，正在裝修。」

「什麼地段，不是鄉間吧。」

「在南灣，是間獨立屋，寫阮升名字。」

「可歡迎我參觀。」

「歡迎還來不及呢。」

就這樣說好了。

阮母丟下一句話：「阿升你轉運。」

阮升也覺得是，特別珍惜愛護她的人。

一日，結伴逛時裝店，瑪茜看中一件大衣，顧鏡自盼，喜歡得不得了，因為價格，脱下考慮，阮升趁她到試身間，同店員説：「包起來，入我戶口」，職員笑着答允。

這時，有人走近，走到她身邊，「阮升，別來無恙乎？」

阮升嚇一跳，立刻坐開，那是一個黑衣人，穿帽斗，看不清臉容，女服時裝店怎麼會出現這樣一個人，奇是奇在阮升像在什麼地方見過他，她驚疑不定，想叫人，一時出不了聲。

「阮小姐，這麼快把我丟在腦後。」

「你可是田大壯？」

黑衣人笑，「阿姬替你擋煞，請你繼續照顧她。」

「你是什麼人！」

這時瑪茜推她，「升，你太客氣，我不能無故收你衣物。」

阮升站起，看遍整家店面，不見男人。

她怔怔地拉着瑪茜離去。

「阿姬近況如何。」

「道不同不相為謀，她已走得很遠。」

「還好嗎。」

「酒吧生意火熱，但兩人感情大不如前。」

「他們那種燃燒式情欲，甚難持久。」

「不理他們了，你的婚禮準備起來沒有。」

「雖說簡單，也由專門公司代辦。」

「那多好，不用費心，穿什麼婚紗禮服？」

「王興已結過婚，我只穿香奈兒小禮服。」

「可請我們觀禮？」

「瑪茜，除出你，還有誰。」

「阿升你就是這點叫人窩心。」

伴娘各送禮服與金錶，連鞋襪手袋都配對，主人家十分體貼，不會像一些人，一張帖子，叫人老遠自備時間體力兼禮金禮服捧場。

阮升仍在華北礦業上班，工作量逐漸吃重，本無暇到劉才公司兼職，但莉莉告知劉妻病重，劉才希望阮升捱一陣義氣。

瑪茜問：「不是已經多聘了人嗎？」

「就是要訓練新人。」

「此刻的新人，真是新人，語氣緊一點，他們會哭，個個像嫩豆腐。」

冬季，本應乾爽，天氣反常，忽然下大雷雨，早上天色與傍晚差不多，阮升幸虧有車子接送。

到達辦公室，她繼續閱讀昨日沒看完一篇報告：「俄國向聯合國申請開發北極圈石油及天然氣，看到圖則，不禁莞爾，這俄人也貪婪，竟把北極五分二劃入版圖，其餘加拿大、挪威分到一點，美國最奇怪，硬把阿拉斯加以北一塊大三角佔為己有，一方面綠色和平痛心疾首，怒加斥責……」

這時瑪茜忽然跌跌撞撞進來，扶住門框，臉色灰敗，失戀也不應該這樣震驚。

阮升丟下北極圈，扶瑪茜坐下。

瑪茜喝口熱茶，把手裏報紙交到阮升手中，指着其中一段新聞：

它在不起眼位置，中號字樣：「吧孃殺傷吧男，疑因感情錢財糾紛：疑兇阿姬哈索諾夫是外籍無居留權人士，用利器插傷男友田大壯太陽穴，導致一目失明……」

阮升呆住，這段新聞為何如此熟悉，彷彿與她本身有莫大關係。

她上前握住瑪茜的雙手，兩人沉默一會。

瑪茜回過氣來，「救，還是不救？」

阮升想一想，「一定要救。」

「怎麼救法。」

「讓我請教王興。」

「這會是一件勞民傷財的事。」

「且聽律師怎麼說。」

「阮升你毋須淌這渾水。」

阮升倔強，「能幫就得幫。」

王興知道此事，「幫人是好事。」

殷律師的意見：「我不是刑事律師，看情形，不是不可能減刑。」

負責此案的蔣律師說：「事主流產後心神失措，加上男友另結新歡，她想分手，要求索回當初投資金額，男友不允，幾番爭取，均不得要領，她並非蓄意傷人，一時衝動，從兇器可知端倪——」

「什麼兇器？」

「竟是隨手拾起一支鉛筆。」

「鉛筆！」

蔣律師說：「希望可判過失傷人。」

阮升跌坐在椅上發呆。

「王先生希望你們不要牽涉在內，整間酒吧職員均是目擊證人，異口同聲，指出田大壯人財兩得之後，目光仍游離不定，簡單舉行婚禮，即可確定阿姬居留問題，他卻故意拖延，處處為難，這個男人十分下作。」

「那田某有何苦衷？」

殷律師忽然這樣答：「男子沒有苦衷，男子只有藉口。」

阮升與瑪茜忍不住點頭。

王興這樣說：「一切交給律師，升，你不要介入。」

「你放心，我根本不認識他倆。」

「但你奮力拔刀相助。」

阮升說：「我對他們的事，非常熟悉，像是親歷其境。」

「報上不乏類此悲劇。」

阮升問瑪茜，「阿姬為什麼不毅然站起離去。」

「她已一無所有。」

「胡說，我們都有自己。」

「如今看來，的確如此，人靠自身爭氣。」

「你可有探望阿姬？」

「她保釋在外，官方認為她對一般市民並無危險，但她不願見人。」

「你要千叮萬囑懇求她不要再見田氏。」

「明白。」

阮升並未閒着，她如期舉行婚禮。

後阮太太與兩個半妹一定要參與儀式，阮升為難，王興說：「分開坐好了」，她答：「那倒不用」，沒想到，阮母還是出現。

她難得打扮得體，坐在一角，一聲不響，並不與人招呼，那邊三母女特地上前與她招呼，她裝作看不見。

阮升忽然體諒母親，一直坐她身邊。

幸虧座上都是熟人，不介意氣氛奇怪。

晚上的菜式節約，不設魚翅，也沒有燕窩，但大家由衷替阮升高興，相當愉快。

吃到糕點，阮母要早走，王興叫司機送她，阮升護阮母下樓，上來時，看到宴會廳門外站着一個瘦削女子。

她定睛一看，「阿姬。」

阿姬穿着深色衣裳，怯怯走近，「升，祝你幸福，百年好合。」

「快進來吃甜品。」

「我不打擾了，」她送上禮物，轉身要走。

「阿姬，留步。」

「謝謝你找蔣律師替我辯護。」

「阿姬，千萬不要再見那個人。」

「我後悔沒有早日聽你忠告。」

「記住。」

她悄悄離去。

阮升發覺她已把長髮剪去，不用可惜，會得長回，不過回到從前那般烏亮及腰，恐怕不能夠，唉，一子錯，滿盤皆落索。

後阮太太說：「你倆到北京勢必再辦一次筵席，我們三母女一定出席，替阿升壯聲勢。」

兩個妹妹嬌聲附和。

王興說：「一定一定。」

阮升忽然添了親戚，真正事在人為。

婚後，她並沒有搬進南灣，王興予她自由，他也仍然住自家公寓。

瑪茜覺得他倆有趣，但，「只要相愛，何種方式相處均無問題。」

阮升仍叫王興為王先生。

因開頭是賓主關係，對於親熱，阮升有點尷尬，缺乏經驗，扮也無從扮起，電影裏那種美妙姿勢，學着做，怕會扭傷抽筋，但她又不想做出無所適從模樣。

想不到王興這大塊頭熱情又自然，熊抱新婚妻子不放，阮升感動，女性就是這樣可愛，懂得感恩，轉為恩愛。

阮升告了一個月假，悶得慌，到劉才公司幫忙，完成三單生意，劉才高興得說不出話。

莉莉不服，「人家知道她是華北老闆娘，乘機攀關係。」

「阿升你其實不必工作。」

「我害怕那些慈善社交活動，又不想學國畫練跳舞做蛋糕，上班適合我。」

阿姬的案子急轉直下，她認誤傷案，法官相當同情她處境，判六個月刑期，行為良好，除卻假期，四個月可以出來。

大家放下一顆心。

「那田大壯傷勢如何？」

「這，我們就管不着了。」

「美國有一宗新聞：連環殺手故技重施，欲殺害某流鶯，卻被該女子奪槍擊斃。」

大家無比感慨，不能作聲。

阮升婚後生活愉快過預期。

那王興不拘小節，在家做膀爺，光着上身入廚、看報、休憩，阮升看到他肉孜孜，忍不住拍打他肩膀或手臂，用力頗大，皮膚上會出現手掌紅印，有點痛，他故意叫響，卻不知多高興，呵呵笑。

閨房之樂說穿了無聊之極，只有他們兩夫妻才會明白。

兩人往北京大排筵席，阮母不願遠行，另外三母女卻踴躍參與。

王興禮待他們。

親戚總數約三百多人，阮升只認得數十位，一味微笑，她仍然沒有特別妝扮，她覺得場面如大學畢業禮，賓客濟濟一堂。

兩個妹妹開心地在年輕男賓中周旋，呵，阮升明白，她們在物色對象。

後阮太好奇，「聽説你有個孩子。」

王興代答：「往倫敦寄宿去了。」

還是決定送出留學。

他用視像恭喜父親。

阮升不覺勞累，她也似一名賓客。

回到家，頓覺冷清。

王興打趣，「現在明白為什麼華裔喜歡擠滿人了吧。」

「是，人多勢眾，悲歡離合都無所謂，當事人混人群中，認不出來。」

怕誰被她認出？

那個神秘黑衣人。

阮升心中老是有個疙瘩，那人口氣老三老四，彷彿與她是熟人，倒底是誰。

如果再見到他，當然，最好不見，她一定奮力拉下他的帽斗看個清楚。

不久，蔣律師那邊有消息：「阿姬明日出來。」

「啊。」

「我會派人接她。」

「她有何打算。」

「她不準備留在本市。」

「據我們所知，她沒有親人。」

「那田氏已發還她原先投資，她打算到勘察加半島發展。」

「什麼，那好似是俄國接近東北三省、日本及韓國之地。」

「正是，當地將闢造拉斯維加斯式大賭城，阿姬願意做開荒牛。」

「危險。」

「她想重頭開始。」

「入境手續——」

「她有辦法。」

真是奇女子。

「她不打算與你道別，說一定償還債務。」

「叫她別牽記。」

「你向其餘人交代吧。」

阮升忽然好奇，「那個男子呢。」

「我一無所知。」

阮升把事情告訴瑪茜。

瑪茜呆半晌，「那地方，冰天雪地，而且是俄國至為三反之地，黑幫勢力極大。」

「賭場內並無春夏與秋冬。」

瑪茜嘆氣。

「你是怎麼認識這個女子？」

「我在網上招租，年輕女性、單身、有職業、不招呼男友。」

「那多魯莽。」

「她住了一年，早出晚歸，準時交租，是個好租客，並無男丁上門。」

阮升嘆口氣。

算是她們生活中一段奇遇吧，將來喝茶聊天時，可以說：「那叫阿姬的女子，不知怎樣了。」

接着三年，阮升生了兩胎，第二胎孿生，全是男嬰，哥哥弟弟差不多大，同樣頑皮，長得與王興一個樣子。

放假，大哥回來，與他們玩，興高采烈，南灣大房子像托兒所，連阮母見了都忍不住笑。

唯一能挽救這個世界的，不過是孩子們的笑聲罷了。

阮升百煉成鋼，無論任何場合時間，都可以補一覺，任由三個孩子拳打腳踢，忍完再忍。

瑪茜問：「生育可苦？」

「一命換一命，絕非膽小之徒做得到。」

「但你精神煥發。」

「苦處能到處說嗎？」

忙得連上衛生間時間也無。

總算捱到進學前班，才得透口氣。

阮母說：「我喜看他們習泳，一定要叫我。」

他們搬到一間泳池屋。

一日走過兒童池，看到赤裸上身的王興，阮升忽然想起許久沒做過的動作，一時興起，一巴掌打向王興肩膀，啪一聲響，一個紅掌印頓現，孿生子一驚，大哭，「不要打爸爸，不要打爸爸」。

什麼都不能做。

某天難得有空，阮升想吃一種蛋糕，叫司機特地開車一起去買。

保母懷疑，「太太，你一向不喜吃甜。」

阮升不出聲。

保母試探：「不是懷妹妹吧。」

阮升按着保母說：「先去買蛋糕。」

保母笑得咧開嘴。

買了吃的，遇塞車，司機建議兜小路。

保母吩咐，「小心開車，那處酒吧林立人雜。」

小路也擠得水洩不通。

車子逐呎逐呎前進。

阮升忍不住把蛋糕取出吃。

保母給她喝水。

阮升打一個飽嗝。

就在這個時候，隨着車窗，阮升看到一個人自酒吧門口出來，靠在牆上吸煙。

馬路與店門，距離大約十呎左右，看得清楚，那人姿態寂寥，灑脫不在乎地觀看雨天堵車。

阮升怔住：這人是田大壯！她認得他。

他仍然高大碩健，身形比例無懈可擊，只穿一件緊身白色背心，破長褲，剃平頭，左眼上蒙着一塊黑色圓形膠罩，啊，是，他受傷後瞽一目，蒙上黑眼罩，更加猙獰，竟有點像以色列已故獨眼戴揚將軍。

阮升心生恐懼，她莫名地害怕這個人。

幸虧車窗後廂玻璃有深色裝置：乘客看到街，街外卻看不進車廂。

這時，田大壯抬起頭，阮升本能縮下身子，剛好馬路比較鬆動，向前駛了幾呎，她已看不到田大壯。

阮升掩着胸口，忽然嘔吐，保母人急生智，連忙脱下外套墊在阮升膝頭。

阮升把蛋糕清水一起吐出。

司機説：「不如先看醫生。」

阮升點點頭。

王興比他們更早到醫務所。

阮升微笑，「你乘直升機。」

「我接到司機通報立刻跑着來，比車子快。」

阮升緊緊握着丈夫的手。

醫生檢查過，笑容滿面，「王先生王太太，恭喜你們，這次，年紀大了，飲食小心，少吃油膩。」

王興哈哈笑，「可有機會是女兒？」

「你想知道我替你測試。」

阮升又緊緊抱住丈夫腰身。

她打幾個冷顫。

她真幸運，遇到王興這個有擔待知道責任的伴侶，男人，多富有多英俊不重要。

——第三節結束

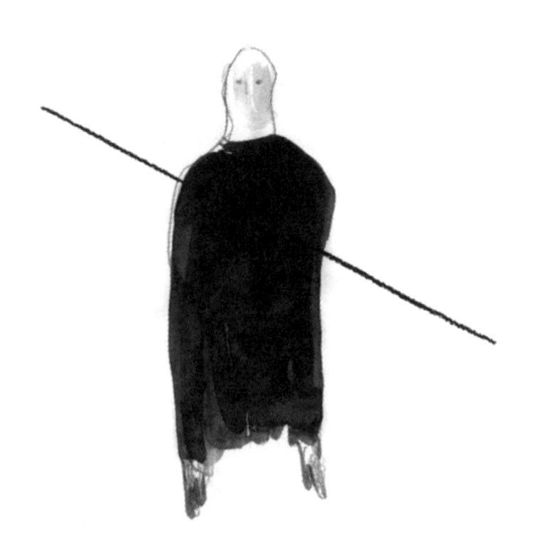

（少女，都嚮往那種像一棍敲在頭上七葷八素的戀愛，既然昏了頭神智不清，其他一切也都不予計較。

人類嚮往被愛，卻又不願愛人，供求不合比例，失望受傷者眾。

田大壯彷彿是故事裏的大灰狼，他可有什麼解釋？他難道也有苦衷？當事人冷暖自知。

他的遭遇，由他的觀點角度出發，又是怎麼一回事？

說到底，他到底做錯何事，為什麼每個女伴都要置他於死地？）

田大壯的父母在他約七歲之時分手，他跟母親生活。母親有葡國血統，年輕時至美，她是個鋼琴老師，不擅理財，喜歡漂亮服飾，把大壯打扮得很好看。

自一年級起，女同學都喜歡與大壯玩耍，請教功課，大壯生活相當愉快。

一日，母親帶他到美術館欣賞瑪蒂斯畫展，逛到一半，突感不適，她進女衛生間，囑大壯在門外等她。

她進去約一個小時還未出來，大壯機靈，到管理處報告。管理處發現少婦昏迷在衛生格，流血不止，即時送到醫院。她患子宮癌而不覺，已到末期。

那時大壯已經十歲，哭泣不止，世上，他只有美麗的母親，他不捨得。

母親在一年後辭世，他到父親家住，父親其實沒有自己的家，那是祖父的狹窄住所。

祖父與大壯沒有感情，晚年老人自顧不暇，沒有能力兼顧大壯，漸漸生厭。

少年食量奇大，生活習慣邋遢，缺乏禮貌，作息不定時。

老人有時不開門給大壯。

很多時候，大壯在同學家度宿。

十五六歲以後幾乎不回家，做些雜工，維持生活，在公園長櫈上也可以睡一覺。

這樣，也不妨礙他升學，他拿到獎學金，進入大學。

那是另外一個世界，幾乎所有小男生都與他一般襤褸，但不比他漂亮。

他自母親處學會小提琴。

有時站街角，表演一曲，乞討零錢。

他喜歡奏一些悅耳的舊流行曲子，路人已經耳熟能詳，有好感，音樂叫他們記起一些什麼，駐足，丟下角子。

女同學少不更事，以為是浪漫，陪伴他，買咖啡給他。

他捉襟見肘的日子，像吉卜賽。

這個時候，他認識了阮升。

她比其他女孩飄逸清秀，倔強眼神，冷冷嘴角，像不信任何人，像看透這個世界，阮升不是糯米糰。

她不理睬他。

女同學在走廊圍住他，她繞路而過。

一滿十八歲，大壯到一間叫黑天鵝的酒吧工作，收入頗佳，招來不少女客，越夜越精神，每晚都有人等他下班，每夜，他都有女伴跟着回家，女客給他的小費，多過薪水。

一日，老闆恩格斯與他閒聊：「我年輕時也與你一般輕狂。」

大壯笑而不語。

「要當心身體，」恩格斯嘆氣：「切勿染上惡疾，沒有健康，一生也就完結。」

恩格斯患肺氣腫，走路也得帶着氧氣樽，細小透明喉管接到鼻孔，像天外來客。

「你勤奮又有綽頭，酒瓶與女人都聽你的，這間酒吧，由你來承繼最適合不過。」

「我沒有本錢。」

「你有辦法。」

「老恩，你開個價。」

恩格斯開了一個價錢，相當合理。

但對大壯來説，還是一筆數目。

「等你一年。」老恩説。

「我想繼續升學。」

老恩沒好氣，「青春有限，讀什麼讀，屆時掃地的都是博士生。」

「是，是。」

阮升比他早一年畢業，找到工作，把薪水大部份存起，省吃儉用。

儲蓄這件事，有點奇怪，開頭最難：明明可以買那些漂亮的時裝，穿上威風時髦，偏偏要省下存起。幹什麼？老了一大箱鈔票要來做什麼？

但儲蓄到某一個程度，看到成績，便知道好處，啊，可以環遊世界了，再過一段日子，或可付首期買小公寓！

這種憧憬，叫她做了小小守財奴。

同事們都知道她的習慣，背後揶揄她。

本來，她與田大壯的同學關係結束，見面機會甚少，不過，人生總有巧合偶遇。

那是一個下雨晚上，都會最怕陰雨，馬路上污垢全被泡起，像熱帶叢林，蛇蟲鼠蟻都在這種時刻鑽出活動。

黑天鵝夜總會裏只有恩格斯與田大壯。

他教他做賬。

恩格斯怕冷，穿黑色帽斗外套，遮住頭臉，神秘詭異，他低沉的聲音說：

「我想休息一陣子，店交給你打理，我每星期回來看看。」

「感激你的信任。」

他忽然問：「可有牢靠的女友？」

大壯微笑起來像一道亮光，「女生十分麻煩，她們喜歡霸佔。」

恩格斯也笑，「當年我也不信有人能降服我，終於，碰到梅莉，心甘願意順服，唉，梅莉辭世五年，沒有一天不想起她。」

他出示一隻銀色打火機，上面刻着字樣：They asked me how I knew，接着哼一首老歌：「他們問我，你如何知道，我真愛是真誠……」尚未淡卻。

他咳嗽幾聲，站起，「我先走一步」，搖搖晃晃走出。

恩格斯不覺得田大壯是壞人。

田大壯更加不覺得他自己是壞人。

他埋頭把手上賬目做完，開一瓶啤酒，喝兩口，正想離去，卻看到恩格斯忽忽推門進來。

他忘記什麼？

他聽到他氣急敗壞，「快，快，斜對面頤和快餐店有流氓難為女侍，快去救她，我替你報警！」

大壯二話不説，拿起一把刀，奔出門。

頤和快餐店已經打烊，女侍貼近門站着，她身前圍着三個不良少年，嘻嘻猙獰地笑，有人手持一把尖刀，越逼越近。

大壯不動聲色，靜靜走近，想大事化小，息事寧人。

他擋在女侍身前，「蜜糖，對不起我來遲了。」

少年挑釁，「是你的女人，你沒看好。」揚一揚手上的小刀子。

大壯沉聲答：「你那好叫刀子？我這把才是刀。」他自褲管抽出酒吧最大的利刃。

少年退後。

「以後再騷擾我女友，要問過它。」

少年拔腳飛跑。

他轉過頭，「你——」看到熟悉倔強眼神，啊，是阮升。

「你手腕擦傷，來，我幫你抹些藥。」

回到酒吧，大壯納罕，不見恩格斯，他替阮升敷了藥，護送她回家。

沒多說半句話如「別做夜更」或「當心自身」之類，他比誰都明白，有頭髮誰願做癩痢。

是這樣，阮升對大壯軟化。

漸漸越走越近。

說也奇怪，無論她如何說他，他總是笑嘻嘻，千依百順。在這個時候，阮升意外得到父親一筆遺產，叫她對人情改觀。

寂寞孤苦的阮升緩緩融化。

一日，大壯對恩格斯說：「那晚，幸虧你通風報訊。」

恩格斯莫名其妙：「我不知你說什麼。」

黑衣、帽斗，明明是他。

年紀大，記性欠佳，將來，漂亮碩健的田大壯也一樣。

恩格斯見過阮升，「眼神如刀鋒，大壯，女子是柔弱點才討人歡喜。」

大壯哈哈笑，「故作嬌柔也不過是她們的手段，老恩，歷年來不是男性得勢，而是女性故意讓男人佔些上風，這叫籠絡，真沒想到你到這種年紀還不明瞭女人。」

恩格斯沒好氣。

「你放心，我也不會吃虧。」

「你若愛她，就不要介意身處下風。」

「是，你說得對。」

「大壯，一年限期將屆，有人求我把黑天鵝轉讓。」

「我盡快給你答覆。」

其實，他何嘗有什麼答覆，見到阮升，忍不住訴說幾句。

阮升勸說：「那是紅燈區，一街流鶯，酒吧門口兜客，我聽說還有人販賣藥物，這種生意，一定艱難。」

大壯悶悶不出聲。

「請問老恩開的是什麼價？」

大壯把數目告訴阮升。

阮升一怔，並非天文數字，她剛巧得到一筆遺產，絕對可撥部份投資，她內心躊躇。

大壯何等聰明，一見女伴神色，便知她有主張，莫非她可以回娘家賒這筆數字。

他蹲到她面前，明亮雙目看着她，「你若投資，酒吧寫你的名字。」

「我要一間酒吧幹什麼？」

「是你的便是你的，我堅持。」

阮升輕輕說：「還有其他條件。」

「可以商議。」

「我要你聽話。」

「啊，是否叫我往西，不能往東，你說了是，我不能說不。」

阮升點頭。

「嘩，」大壯笑，「我將淪為奴隸。」

「就如此，一言為定。」

「這代價甚大，我把心交代你，你要我靈魂。」

她端詳他，捧起他臉，看到他眼睛裏去，「你有靈魂嗎，大壯。」

「喂喂喂，你不可侮辱我。」

阮升有相熟的殷律師，代辦酒吧轉名手續。

殷律師頗照顧孤女。

「你想清楚了？」

阮升無奈點頭。

「你打算與那田先生結婚。」

「是有這種想法。」

「我替你立一條規則：你全權擁有黑天鵝酒吧，只有你一個人可以買賣，一個月通知收回營業權。」

阮升說是。

「餘數，不如置一層小公寓，那你就無後顧之憂，令尊也想你安居樂業。」

「明白。」

「那位田先生，他沒有產業。」

阮升微笑，「兩袖清風。」

殷律師大惑不解，「他這一票人，竟從未想過花無百日紅，將來靠什麼。」

阮升坦白，「不過走到哪裏是哪裏，我也是那樣沒有打算的人。」

「你不同，令堂那筆，也遲早屬於你。」

「我算是幸運。」

接着一年，是阮升最適意的日子。

她上班，大壯打理酒吧。

大壯似找到喜愛職業，做得頭頭是道，酒吧生意極佳，客似雲來，明明淩晨一時打烊，到兩時還欲罷不能。

櫃枱附近擠滿酒客，大壯記得每個客人名字：「祖，請等一等，立刻來」，「南施，你與朋友的莫希多」，千手佛一樣，手揮目送，做到興起，脫下背心，光着上身，美好肌肉畢露。

一日下午，大壯在點數目，一名女侍走近，忍不住捏他肩膀，他讓開一點，女侍吃吃笑，擰他臉頰。

這時，有人一杯水潑到女侍臉上。

「滾，馬上給我滾！」

大壯一看，是他妻子來巡場。

雙目圓睜，握着拳頭，氣得冒煙。

別的職員連忙把女侍拉開。

大壯擠出笑容，「你怎麼來了。」

「我不能出現？」

這時領班走近，「老闆娘不必生氣，我已經叫她明天不必上班，打發了她。」

阮升提高聲音：「你們給我聽着，這裏不是色情場所，人客之間做些什麼管不着，伙計請尊重一些。」

大家唯唯諾諾。

大壯想說幾句，看到阮升冰冷目光，只得噤聲。

她整個人變了，以前瀟脫的她日漸霸道、專橫、多疑，小事化大，當眾發作，叫大壯難堪。

那晚在家，大壯這樣說：「我已經推開她。」

阮升不去理他，提早休息。

總算沒有吵嘴。

這樣的冷戰卻不日就有。

恩格斯對大壯說：「結婚吧，女人都想註冊。」

「我對她，已經百般遷就。」

「你應當苦中作樂，不以為苦，她對你也毫無保留，盡量奉獻，你看你，結一次婚，什麼都有了，還有什麼好怨的呢。」

大壯不語。

「女人都是這樣，哄哄撮撮，很快一輩子。」

下班，已是深夜。

月色甚佳，大壯抬頭凝視，卻看不到吳剛與他那棵月桂樹。

他低頭，看到地下除出他，還有另外一個黑影。

他向前走，那人跟着他。

他快，他也快，他慢，那人也慢。

大壯警惕。

他是半個江湖人，身段敏捷，驀然轉身，面對那人。

他吃驚，那人穿着黑色帽斗，看不清容顏。

大壯厲聲吆喝：「誰，幹嗎老跟着我！」

那人退後一步，大壯撲上，撕下他帽斗，那人慘呼：「搶劫，搶劫！」吹響哨子。

大壯把他揪倒地上，按住，看清面孔，是個學生模樣年輕人。

這時警察已聞聲跑近。

大壯把年輕人拉起，向制服人員解釋。

警察總算聽明白，原來他倆彼此誤會對方是搶匪。

「這一區治安越來越差。」

那晚回家，大壯仍然忐忑不安。

黑衣人，陌生、神秘，他老覺得有人跟蹤，監察他一舉一動。

他獨自坐客廳喝啤酒，漸漸鬆弛，輕輕取出一枚藥丸，放進錫罐，待它溶化。

阮升輕輕走出：「越來越夜。」

他轉頭，「客人不願走。」

「請多幾個人幫忙。」

「那會減少利潤，來，坐到我膝上。」

阮升笑，「還十八廿二歲嗎。」

「我倆八十八九十二還可以坐膝上。」

「活那麼久？」阮升嘆息。

今日與古人不同之處是現代人並不嚮往活到耄耋。

大壯依偎妻子，「我知我叫你操心。」

「算了，是我自己選擇，我過不慣日日刻板天天操兵似生活，我應當承受。」

大壯說：「我已知道，沒有人會愛我更多。」

阮升忽覺悲涼，「早點休息。」實在愛他太多。

大壯身上一股煙酒味，彷彿洗不脫，但與他體味混合，是獨一無二特別味道。

他倆在初冬註冊結婚。

阮升邀請她上司與同事觀禮。

同事叫莉莉，一個嬌俏時髦女，因過份挑剔，快到三十，仍無對象，故此眼光更加精厲，她不喜歡田大壯：人家白手興家，他拿着妻子的資本興家。

上司叫王興，大壯見過這紮壯深沉一臉樸實的生意人，他擁有華裔最欣賞的性格：年少老成，其實比他們大不了幾歲，卻像他們前輩。

一對新人均無親人到場。

大壯沒把那王興看在眼內。

一次，他接阮升下班，她與王興站在門口等，下雨，他打傘，罩住阮升，自家半邊肩膀已濕透，阮升拿着平板電腦向他述說，他根本沒聽進耳朵，只顧悄視阮升雪白側臉。

大壯冷眼看到王興那陶醉不能自已的傾情神態。

他不放心上。

他知道阮升不會愛別的男人。

她只把王興當師友。

大壯猜得不錯。

婚後大壯對阮升更加體貼，他雖不羈，也明白到，一個人對另一人的奉獻，也已去到盡頭，只欠生命：子女的降臨。

大壯不是不打算與阮升過一輩子。

黑天鵝在網上招聘職員。

多人應徵，不合領班心意，「我們找一個助手，不是侍應。」

一日下午，他對大壯說：「老闆，你看看這一個。」

他身後站着一個應徵人，個子小得被領班遮住，大壯說：「出來。」

那人像隻貓似輕俏走前，啊，是一年輕女子，面孔只有巴掌大小，丹鳳眼沒有笑容也媚態畢露，穿男式西服，一頭烏亮長髮及腰，一見難忘。

大壯問：「你有什麼本事？」

她在櫃枱取過兩隻酒瓶，放肩膀上，一抖動，酒瓶不知恁地傾斜，酒斟倒在她手中小杯。

「啊，會雜技。」

她輕輕答：「我會調七十二種酒。」

「做一杯莫希多給我試試。」

女郎利用肩膀、臂彎、手肘、手腕、手指，手揮目送，姿勢優美，調斟一杯酒給大壯。

女郎長髮隨手勢飛舞，好看煞人。

大壯微笑。

「你有身份證明文件否。」

那女子取出證件給大壯。

大壯看到是東歐小國護照，名字是阿姬哈索諾夫。

大壯有經驗，立刻辨別，他輕聲說：「這是本假護照，你非法入境、居留、工作。」

女郎不出聲。

「聘用你，實屬違法，你住何處。」

「街上。」

大壯一怔。

他喝那杯莫希多，回味只甘不辣，她實在是高手。

他斷然說：「今晚試工。」

女郎忽然開口：「我就穿這套衣褲。」

「沒人叫你脫光。」

她似放下心頭大石。

領班對她說：「抹點口紅。」

眾員工也不知新同事真實姓名是什麼，只叫她阿姬，她與大壯站在櫃枱後，二人似有默契，一分鐘侍候一個客人，幾乎不用輪候。

大壯預支她兩週薪水，着領班找到一房公寓給她住，原來這阿姬並非住街上，她租住另一白領女子的雜物房，而那二房東，正是阮升同事瑪茜。

經理對阿姬說：「你看老闆對你多好，用心工作。」

「明白。」

阿姬並非敷衍，她踏踏實實，勤奮幹活，穿密實西服，對任何人不假辭色，顯露笑容。

個子小，力大，一人扛起啤酒桶，重的輕的，都能勝任，粗的髒的，也默默做妥。

酒吧不是乾淨之地，人客醉酒嘔吐，衛生間一塌胡塗，眾員工十分厭惡，只有阿姬，願擔清潔重任。

大家開始喜歡她，不介意她領最多小費。

領班歡喜，「天上掉下一個阿姬。」

誰還介意她年紀、族裔、背景，她不是地球人也不打緊，這是商業都會。

那阿姬每晚吸引眾多客人，都來看她表演，她，是否一個十全十美伙計？

領班覺得他發現得太遲。

一日，阿姬進入貯物室點酒瓶時間太長，領班故意不敲門驀然推進，門有一條鎖鏈搭住，只留一條吋許縫子，那領班何等機靈，已經看見阿姬在做什麼。

他立即關上門，「阿姬，出來說話。」

阿姬打開門走出，不出聲。

「客人都等着你，老闆忙得大汗淋漓。」

領班據實向大壯報告。

大壯跺腳，大聲叫阿姬。

阿姬一聲不響站得遠遠，垂頭看地板。

「染上多久。」

「年餘。」當然不是真話。

「限你一個月內戒除，否則離職，做得到嗎？」

她說聲明白，轉身走開。

領班訝異，「理應即刻開除。」

大壯不出聲，他半個街童出身，他同情阿姬。

「老闆，這是一盤生意，你要謹慎。」

「給她三十天。」

「戒得掉才奇，我就奇怪，她個子那麼小，精力自何而來。」

可惜，大壯想。

他打開一罐啤酒，塞進一顆藥丸。

領班忍不住說：「你也是。」

大壯追着他打，「你快變成我母親。」

當然，他家裏還有一個小母親，那是阮升。

她告訴大壯，「王先生邀我陪他出差。」

「不准。」

「工作而已。」

「他公司有若干女職員，這事無商量餘地，再說，你立即辭職。」

「你恁地小器。」

「升，到酒吧幫我。」

「我不喜歡藏污納垢地方。」

「我也骯髒得不得了。」

他朝妻子撲過去。

萬聖節近，酒吧職員全部打扮成鬼怪，領班扮吸血僵屍，大壯反串埃及妖后，還有阿姬，扮成骷髏，眼眶雙頰凹入，仍然撐着工作。

客人各有各妝扮，一地庫牛鬼蛇神。

夜深，他們載歌載舞。

領班說故事：「也是一間這樣的酒吧，年輕人阿祖見氣氛熱烈，留戀不願離去，當作化裝舞會，與其他人客聊天、喝酒開心得不得了，對其中一個爛面人說：『你平時跑到街上，真嚇死人』，天濛亮，眾人散去，走到門口，阿祖發覺那班人客化為灰煙消失——原來，只有阿祖才是真人，呵呵呵……」

人客毛骨悚然，女客尖叫，氣氛更加熱烈。

阿姬呢。

大壯在後巷看到她在嘔吐。

他輕輕說：「我知不容易，你還年輕，吃點苦，也值得。」

阿姬抬起頭，暗澹街燈下化妝半褪，阿姬小臉看上去真像一具孩童骷髏。

大壯上前，「過來。」他想拍她背脊。

阿姬一轉頭回酒吧。

大壯嘆口氣。

同是天涯淪落人。

酒吧賺錢他當家用交給阮升。

「啊，難得。」她以為蝕光算數，卻偏偏賺了起來，世事難測。

大壯高興，「我負擔家用。」

阮升捧着他臉吻他豐潤嘴唇，她有嫁錯嗎，一直懷疑，至今釋懷些許。

女同事莉莉說：「丈夫如此出色，真是提心吊膽。」

「祝你嫁大二十年禿頭佝僂背脊老學究。」

莉莉惆悵，「說到底，誰不嚮往男歡女愛，名與利，過多均不實際，夠吃夠用已足，人同此心，供不應求，田大壯受歡迎。」

「我以為你不喜歡大壯。」

「因為他，女人貪婪目光顯得那樣不堪。」

「那是酒吧。」

「幾時借田先生擁抱一下，看看感覺是否同想像一樣。」

阮升駭笑。

一日，她巡到黑天鵝，看到招牌上添上一顆顆大水鑽，閃閃生光，把別家門面都比下去。

她微笑。

不經意看到有人在整理垃圾，出力把黑膠袋拖往垃圾箱。

沒有幫手，阮升出手。

抬頭，看到垃圾工居然是個子小小女子。

阮升動氣，「怎麼叫你做這些。」她大聲叫侍者名字。

「都是伙計，一樣啦，今天我當更。」

她竟如此任勞任怨。

阮升說：「你臉色不大好。」

「女子週期。」

阮升點頭，進屋內找大壯。

大壯正在整理玻璃杯，看到妻子便笑。

「請坐，我做咖啡給你。」

「不要叫女子做粗工。」

大壯解釋：「男女同酬，工夫分擔，從前墾荒，女人餵豬耕田伐木，什麼都來。」

「你這尼安陀人，我的老闆不會叫我倒垃圾。」

「你是白領，工作領域不一樣。」

這時那阿姬更衣化妝出來，長髮披散背後，粉臉紅唇，前後判若二人，她朝阮升點頭，接手擦亮杯子，手勢純熟，動作快捷。

阮升一怔，有些女子就是這樣，妝前妝後是兩個人。

阮升坐一會離開。

在門口碰到領班，她問：「那女子來了多久？」

「大半年，表現良好。」

「一雙眼睛，像凝視獵物的貓。」

領班吃吃笑，「那獵物可是我。」

「不，不是你。」

阮升與莉莉吃茶時說起那雙眼睛。

莉莉勸說：「不放心也得看開，那是一所酒吧。」

阮升不語。

過不久，酒吧領班急找阮升：「老闆在家否，這裏不見他，電話找不到，到府上敲門無人聽。」

阮升即刻告假，會合領班，趕回家用鎖匙開門。

看到大壯赤身裸體伏臥在客廳地板上。

阮升這一驚非同小可，連忙扶起他，只見他嘔吐一地，衣裳雜物都散落身邊。

領班灌他喝水，大壯再嘔吐，仍然半昏半醒。

阮升拿來熱毛巾替他拭抹。

「從來沒有這樣的事！」

領班沉默，知道不止醉酒那麼簡單。

他熟練地泡盞茶，揉穴道。

阮升說：「我不明白，今早出門，他還未曾回來，夜店工作一向日夜顛倒，但從不致於此。」

「你可有責備他？」

阮升答：「一天說不到十句話。」

領班說：「老闆娘，這裏有我照料，你上班去吧。」

「你可是有什麼事沒告訴我。」

領班陪笑，「我哪裏敢。」

「誰看店？」

「恩格斯答應幫幾天。」

「你們狼狽為奸。」

領班啼笑皆非。

阮升出門，她不是回辦公室，而是往黑天鵝。

一進門，看到恩格斯，如見親人，雙眼通紅。

「老老實實，發生什麼事，說。」

「坐下，喝杯熱茶，大壯醉酒，由我把他扛回家。」

「胡說，你沒門匙，況且，又怎會忽然出現。」

「唉，信不信由你，你若重視他，就辭工在家多陪他。」

「呵，又是女人的錯，跟足了，是附骨之蛆，給對方自由，又是疏忽，欲加之罪，何患無辭。」

「升，你太偏執。」

「還有什麼缺點？」

「為什麼結婚那麼久還沒有懷孕。」

阮升氣結。

她坐下，吸一口氣，忽然大叫：「阿姬，出來！」

眾員工嚇一跳，「老闆娘，與阿姬全無關係，她一早已在店裏收拾。」

那阿姬靜靜走出，一邊抹濕手，低頭説：「我從早在廚房清洗，今午會有衛生處人員檢查。」

阮升哼一聲。

沒有證據，不得要領，「你們繼續工作。」只能這樣説。

阮升瞪着阿姬，她的目光不與老闆娘接觸。

阮升自後門離去。

忽然看到一個黑衣人閃到一角。

「誰？」

沒人應，走近，無人。

阮升定一定神，都說晦氣之際會看到這看到那，她後頸起雞皮疙瘩。

剛想走開，阿姬推門出來。

她靠在牆上吸煙，一邊低聲講電話。

「是，剛走，你也太不謹慎。」

忽然之間，阮升渾身血液像從腿底漏走，耳邊嗡嗡響，眼前都是沒有方向的閃光，她站不住腳，蹲倒地上。

阿姬的聲音，卻似油絲般鑽進耳朵：「你想隱瞞到幾時……」

她隨即回到室內。

阮升一直蹲在角落，動彈不得。

似有悠悠聲音對她說：這一天終於來到，終於。

他不要你了，把你整個人榨乾，可以拿的全部拿清，扔下你，另結新歡，眾人的預言全部實現。

怎麼辦？

不知過多久，她掙扎着緩緩站起。

她到殷律師那裏。

辦公室裏助手嚇一跳，「田太太你好，你衣服都髒了，是否摔了一跤，如不介意，我有一套運動衫褲。」

殷律師迎出，「還不速速取來。」

換下髒衣，喝杯熱茶，阮升緩緩說：「殷律師，請替我辦離婚手續。」

殷律師不出聲。

「田氏另外有女伴，且一起酗酒服藥，關係不能挽救。」

殷律師緩緩問：「不能給他一次機會？」

阮升回答：「太累了，我只想一個人重新生活。」

「財產方面，全收回可是。」

阮升點頭。

「我替你發信給他，家裏換一把門鎖，出入小心。」

「明白。」

殷律師送她出門，「當心身體。」

「好像都在你們意料之中。」

「兩個世界的人，走在一起，必不能長久。」

「我也是剛得到遺產。」

「不指金錢，我意思是意旨問題：你守規律，未雨綢繆，希望上進，而田氏這人，完全沒有計劃，只圖眼前吃喝嫖賭，沉迷腐敗聲色犬馬享樂。」

「他的確是那樣一個人可是。」

「他到了某一地步，連享福都會厭倦，直想毫無牽掛回到街上，引火自焚，一敗塗地。」

外人看得甚準。

「你如常生活工作，切莫氣餒。」

「我悲切、惶恐、絕望。」

「你看我桌上的離婚個案，堆積如山，年輕人的光陰就如此浪費，通常婚後三兩年，發覺根本沒可能磨合，只能放棄。」

走到街上，眼前仍然金蠅飛舞。

阮升回家，田大壯已經甦醒，地方已叫人收拾乾淨，如果看得開，真似可以繼續過日子。

領班走近，「我先回去工作。」

阮升輕輕說：「你們都走吧。」

田大壯急：「升，我知錯，下不為例。」

阮升聲音更低，「這些日子，難為你遷就。」

「升，我都明白了，我可以改過，我叫她走。」

領班不想聽下去，走出屋內，守在門口，怕大壯狗急跳牆。

「我已單方申請離婚，殷律師那邊會與你聯絡。」

大壯目瞪口呆，這些日子，他以為女子都如蝴蝶，這一隻，已被他撕掉翅膀，再也跑不掉，只能奄奄一息隨他擺佈，原來她還有意志。

「我立刻叫她走。」

他抓過外套出門。

他低估阮升，他去得太盡。

回到酒吧，照舊人山人海，歡笑盈耳。

「大壯回來了」，人客歡迎他。

他走到櫃枱後邊，表演身手，他喜歡這所酒吧，這是他當家作主的地方，是他太放肆，妄想得到更多，假使分手，他勢必丟去一切。

他雙手冰冷，動作機械化。

阿姬見他回轉，伸手搭他手臂，他大力甩開。

阿姬愕然。

時間過得飛快，一下子到打烊時間。

恩格斯關燈開燈，關燈再開燈，催人客離去。

終於大夥都戀戀不捨散走，店裏只剩三人：大壯，阿姬與恩格斯。

恩格斯垂頭坐角落，似在打盹。

大壯就這樣開口，「我付你一年遣散費，你走吧。」

阿姬懷疑聽錯，半晌才說：「你惡意遺棄。」

大壯不出聲，他拉開抽屜數現款，像是立刻要把女子逐出店門。

「我不會走。」

「你想怎樣。」

「把店分一半給我。」

「店不屬於我，我不能分給你，這店的業權與經營權全屬於阮升，還有，我開的車子，我戴的手錶，也是阮升所送，我一無所有。」

阿姬退後一步，看着恩格斯，「他說的是真話？」

只見恩格斯戴着大帽斗的頭點了一點。

「嘿！」阿姬跌坐在地。

大壯把鈔票扔到她懷裏，「走吧。」

「我倆聯合起來——」

「我為什麼要與你合作？」

「你愛我。」

大壯聲音冷冷：「我從來沒有那樣講過。」

「你說我倆是同路人，你主動——」

恩格斯忽然發出譏笑。

阿姬噤聲。

真的，幾歲了，還相信男人在某種情況下說的話？

她忽然失笑，失意淒迷中她竟相信田大壯可以拉她一把。

她押錯注。

她拾起鈔票，收入懷中，雙眼忽然睜大，媚意盡失，只餘兇毒。

田大壯如果不說以下那幾句話，事情或可就此了結，但田大壯這個人，講話、做事，都喜歡去到盡，回不了頭。

他這樣說：「記住，你持假護照，無居留權，是非法黑工。」

這一下阿姬變色，她一聲不響離去。

田大壯一額汗。

坐在角落的恩格斯輕輕說：「這樣，你以為可以挽回阮升。」

田大壯坐下灌酒。

「你看你，前些日子，你手握賢妻，掌心有河川長流，今日，一無所有，你實在太放肆，待她如傻瓜。」

「我回去求她。」

恩格斯哈哈笑，「這是你的命運。」

田大壯起了疑心，「你是什麼人，你不是恩格斯。」

他剛想撲上前，忽然聽得門外有人大叫：「火！火！」

他劇驚，丟下恩格斯，跑到門外，看到後巷冒火，濃煙滾滾上升。

消防員趕到救火。

第二早，阮升聞訊到現場觀看，黑天鵝酒吧已經燒成一半。

阿姬言出必行，她真的要去酒吧一半。

田大壯焦頭爛額萎靡坐一角。

殷律師也出現。

她說：「警方肯定是縱火，那人似乎很瞭解監控攝影機放在什麼地方，先剪斷電線才行事。」

眾人身上都沾煤灰，面孔都黑了。

殷律師說：「我先替你申保險，然後，賣掉這間罪魁禍首。」

領班聽到，心如刀割，「老闆娘，店面可以裝修，一個月便可復業，火燒旺地，生意會更好。」

田大壯慘笑。

殷律師問：「你打算買下？」

「眾員工願意合夥。」

「你盡快做個建議書我看。」

「我不會寫什麼書，反正我們十人合夥，付出首期，餘數問銀行貸款。」

田大壯如喪家之犬，一聲不響。

殷律師答：「我與當事人回去想想。」

領班心急，「老闆娘，不要考慮太久，得趕快裝修。」

阮升一言不發。

大壯並無前來敲門，聽說住恩格斯家。

殷律師在她處開會。

「賣給員工，也算造福人群，他們對酒吧有感情，你看如何。」

「餘數欠多少？」

「這個數字，你如把店鋪拍賣，是另一數字。」

殷律師清楚寫在紙上。

阮升點頭，「我還有得賺。」

「做生意，不講賺頭講什麼，整個世界就如此運作。」

阮升沉吟良久，害殷律師渴睡。

升到廚房泡即食麵，再炒一炒，加葱花牛肉絲，殷律師居然掙扎醒轉，「什麼好吃東西香極」，現代人多可憐。

兩女吃了起來。

「這田大壯，究竟想要什麼，男人真不可思議，他已經叫你照顧一頭家總開銷，為他當總管，更把酒吧贈他，他還想在外胡作妄為，喜歡回家就回，當作一所酒店。」

阮升說：「我想好了。」

「如何。」

「餘款，贈回大壯。」

殷律師一怔，跳起，「你失心瘋。」

「你聽我說，黑天鵝少不了他，他也總得有個歸宿，他離不開黑天鵝。」

「那統共與你有何關係。」

「我不能看着他死。」

「你真笑話。」

阮升輕輕說：「做完這件事，我就什麼都不欠什麼人。」

殷律師嘆氣。

阮升聲音越來越低，「他曾陪我度過一段快活日子，帶給我陽光，給我上進的動力。」

殷律師不想加插意見。

「我跟他辦妥手續，將從頭開始，我已有對象，我不需要那筆款子。」

「對象，誰？」殷律師張大嘴。

「我的上司，華北礦業老闆王興。」

啊，殷律師整個人鬆弛，「是這個人才，我明白了，恭喜你，阮升，我真替你高興。」

阮升點點頭。

「我立刻回去替你做買賣契約。」

「拜託。」

殷律師想，世上如果有任何女子值得有比較好的歸宿，那是阮升。

阮升還有重要的事要做。

她約好醫生。

醫生例行公事輕聲說：「都真正想清楚了？」

阮升點頭，「時機不合，沒有緣份。」

醫生聲音更輕，「我同你說一個故事：有個孕婦，赤貧，已有七名孩子，她本人又患梅毒，結果，還是決定把第八名孩子生下，後世人知道他叫貝多芬。」

阮升這樣回答：「我已決定。」

「還有一個故事：美國剛立國，歡迎移民，一個來自東歐的孕婦，要求入境，她丈夫是挖渠工人，你想有何前途，但是她腹中那孩子日後竟成為紐約市長，拉瓜地埃飛機場以他命名。」

阮升仍然說：「我們可以開始了吧。」

醫生嘆氣。

阮升休息三天，便到殷律師處辦手續。

田大壯也在，好幾天沒梳洗，髒頭髮鬍髭似流浪漢，坐在一角不出聲。

眾員工興高采烈，仍稱阮升為老闆娘，「我們一定做好黑天鵝，不叫你失望。」

大家都在文件簽署，把帶來的香檳開瓶。

大壯鼓起勇氣，噏噏走近。

阮升伸手，撫摸他腮邊。

這人忽然落淚，「升，我就知，沒人會愛我更多。」

阮升輕輕說：「戒掉不良惡習，回自己家，好好生活。」

那大壯忽然蹲下號啕大哭。

大家靜下，四個男伙計把他抬走。

阮升只覺一身輕。

終於還清所有債項。

原來，她欠田大壯真正不少。

殷律師吁出一口氣，「升，回去休息，你已累得面青唇白，一生一次如此經歷已經足夠。」

「謝謝殷律師。」

過幾日，殷律師主動邀請，把莉莉與瑪茜約一起，說是要與阮升說話。

阮升不以為意，殷律師大概是有話要說，她的職業特徵是凡事做得隆重。

約在殷律師的住宅。

大家都沒想到她住得那麼樸素，舊區，踏進屋內四處都是書籍文件，齊天花板的書架擠滿，放桌子茶几，再擱地下，快連走路地方也沒有了。

她說：「蝸居，失禮。」

阮升答：「一屋都是學問。」

「請坐。」她捧出飲料。

莉莉把書挪開，目光落在一張舊報紙標題上：「男子謀殺同居女友判終生，女子遺體至今未曾尋獲，陪審員以環境證供入罪。」

莉莉心中感慨，把報紙反轉，不料是另一段新聞：廿六歲青年殺害四十歲性工作者，死者身中廿餘刀……

莉莉索性把報紙摺疊，丟到一角。

殷律師咳嗽一聲，作為開場白，大家都忍不住微笑，她像一位教師。

「阮升要再婚。」

瑪茜抗議：「你這個『再』字，講得她似結婚專家，我反對，阮升彼時年幼無知，遭到災劫，已付出極大代價，險死還生，慘不可言。」

莉莉不高興，「哪有你講得那般不堪。」

殷律師說：「這王興，可值得阮升託付終身，你倆比我清楚。」

阮升低聲說：「我只是結婚，不是託孤。」

莉莉順手取過一張大紙，分兩邊寫下「優點」與「缺點」。

「說一下，王某有何優點。」

阮升略為不安，「我不想公開討論王興。」

殷律師說：「這個辦法很好，有個少女，不能決定是否與男友繼續，也把他優點與缺點確確實實寫下，叫她自己無從抵賴。」

「她那小青年優點是什麼。」

「她愛他，他也愛她，他長得英俊，他懂得接吻。」

阮升先微笑，「那還不足夠？」

「慢着，說一說他的缺點。」

「他失業，不打算找工作，他欠她五萬元債項，他住所髒亂不堪，衛生間更甚，他喜遊蕩。」

莉莉已經變色，「那還考慮什麼。」

瑪茜說：「她已有躊躇，過去那愛正在褪色，走也是時候了。」

「為什麼多多少少總牽涉到錢字。」

殷律師說：「這王先生有什麼優點？」

阮升不以為然，「閒談莫說人非。」

「阮小姐，你選男伴，目光模糊不清，我們與你分析一下，事關重大，也顧不得禮節。」

瑪茜說：「王先生相當富裕。」

殷律師馬上寫下。

「他為人正直果斷，生意手法機靈敏捷，性格疏爽，奇是奇在，他粗中有細，會替別人着想。」

「嘩，好處不少。」

「而且，他鍾情阮升，一直把感情收藏胸懷，直到無法控制，還一直守禮。」

「年紀彷彿大一點。」

「不，他長得老成，許多男人像他那歲數還揹背囊扮小阿飛，那才可怖。」

「樣貌平庸一點。」

阮升忽然發言：「他是鬚眉男子，五官端莊，舉止自然，不是每個男人要像時裝模特兒。」

大家一怔，笑出聲。

阮升訕訕。

「那麼幫他，可見有尊重有愛慕。」

阮升說：「我不知他富裕，只知他有經濟基礎。」

殷律師聲音變得嚴肅，「升，我們不想你再錯一次，上一段關係你像跳樓似墮下十八層，元氣尚未恢復。」

莉莉落井下石加一句，「也許永不復元，你不過表面上裝得好。」

「所以這次幫你把市場分析一下，看看該否入市。」

多麼科學。

瑪茜說：「據我所知，王興有過一段婚姻，女方雖然不張揚，但也不是吃素之人，狠狠敲他贍養費，她已有男伴，但不放過王興，因為他們有一個兒子，已經七歲。」

殷律師吸口氣，「有孩子，升，晚娘不易做。」

莉莉這次打圓場，「世上沒有十全十美的事。」

殷律師聲音漸低，「阮升，你是否一定要再婚。」

阮升坦白，「我十分渴望有自己的家。」

「你要明白，世上最牢靠的肩膀與雙手，長在你自己身上。」

莉莉與瑪茜異口同聲：「我們早已明白。」

「這個男子，像世上所有男子一樣，有時，都會叫你生氣懊惱。」

阮升點點頭。

「可是，你還是決定結婚。」

阮升微笑，「也只得闖一闖。」

「你這女人，奇勇，前仆後繼。」

話說到此地，也都盡了。

阮升感激三位好友。

不是每個人願意擔這種是非，弄得不好，當事人會從此疏遠，犯不着得罪朋友，可知三女對阮升真誠，甘冒大不韙。

也許，王先生與阮小姐各自經歷不愉快第一次以後會懂得遷就磨合。

接着，就是收聘禮及辦嫁妝了。

莉莉說：「阮升從不注重這些。」

殷律師說：「人才重要，王先生在什麼地方。」

王興在門口等她。

不說一句話，緊緊擁抱一下，與她回到新居。

王興把門匙交阮升手中，由她開門進屋。

阮升看到玄關高几上放着大瓶白色薑蘭，香氣襲人，已經歡喜。

王興喝一口茶，「傍晚我再來，一會瑪茜來陪你。」

話沒說完，瑪茜已來報到。

她也緊緊擁抱阮升一下。

「飛上枝頭作鳳凰了。」

阮升答：「下一句是：一輩子別下來才好。」

「眾人的眼光不一樣了吧。」

「奇是奇在自家生母忽然露出笑臉，嚇得我，還有兩個不搭腔的妹妹定期問候，繼母差人送各種禮物，其中有需要預定一年才有貨的名貴手袋。」

「用不着就分些出來我等平民用。」

「馬上給你送去。」

「我帶來牛肉湯給你補身。」

「醫生說服維他命就好。」
「西醫覺得頭掉下來才算病。」
阮升握住瑪茜的手，「在外靠朋友。」
「那我升職全靠你了。」
莉莉也到，她帶的是清雞湯。
一聲不響，站到露台，觀看伶仃洋海景，一站好些時候。
瑪茜說：「告辭吧，莉，阮升要休息。」
在門口，莉莉說：「真羨慕那海景。」
「各有前因莫羨人，還有，各人修來各人福。」
「對，回公司工作。」
這樣平安過了年餘。
黑天鵝全部翻新，招牌依舊，客人一個也沒有少，殷律師看過，「營業上軌道，職員擁有股份，用心打工，歡迎你參觀。」

阮升搖頭，「那些日子，已經過去。」

「你是一個不回頭的人。」

「沒有必要。」

「真不敢得罪你，你的脖子鋼鑄。」

「殷律師，你永遠不會叫我失望。」

殷律師讓她看電話上照片。

阮升一瞄，大樂，只見一個小小穿藍色漂亮男嬰，才三兩個月大，拍照似懂擺姿勢，圓頭側一邊靠住媽媽臉頰，兩邊胖腮肉墜下，大烏眼珠看着鏡頭，胖手擱胸。

阮升忍不住笑，「這混血兒是誰，那白人媽媽也極美。」

殷律師輕輕答：「田大壯的妻與子。」

阮升不出聲。

惆悵感油然而生。

這麼快，兒子都生下了。

「都說這孩子精靈可愛，大約三歲便會調馬天尼，田氏生活正常，不良習慣全部戒除，像用消毒藥水洗淨似，以工作及家庭為主。」

「那多好。」

「是呀，有這樣的結局，全靠一個女子一流智慧、寬宏大量，救人自救。」

阮升看到田大壯近照，他胖了不少，剪了平頭，穿老實白襯衫卡其褲，仍然英偉，但與從前姿勢完全不同，怎麼說呢，真像有工作與家庭的男子。

「並非我把私人照傳來傳去，田大壯讓你看了放心。」

阮升點頭。

他日子好過就不會為難她。

「你呢，升，籌備婚禮沒有？」

「瑪茜在辦，低調處理。」

「王先生有個孩子。」

「已經懂事，不存反感。」

「可會邀我出席。」

「什麼出席，你是主婚人，胸佩大紅花，上書『主禮』二字，我今日便要與你約日子，你有空，我們才註冊。」

都結婚了。

新的開始，新的生活。

有一個人，再也不聽任何人提起，她叫阿姬。

縱火後她去何處，也無人追究，那好像是警方的任務，警方每日要處理無數罪案，這一宗，漸漸冷了下來。

田大壯藝高人膽大，店舖不搬，家也仍然是那個家，原先全屬阮升，面皮老老，肚皮飽飽，待慢慢掙回來，再償還未遲。

他也聽説阮升即將再婚，沉默一會，淚流滿面。

恩格斯看不過眼，「這做給誰看。」

他用襯衫袖子拭臉。

這時，妻子帶孩子探訪。

他振作起來，把幼兒拋上拋下玩耍，那孩子恁地大膽，呵呵笑，一點也不怕。

大壯的洋妻腹部微隆，顯然第二名也即將報到，恩格斯莞爾。

他們走進酒吧。

領班報告：「後巷似有某種動靜。」

「說一說。」

「長櫈有移動過痕跡。」

「人客喜歡坐該處等車。」

「長櫈被搬到近高窗處，看進儲物室。」

「你肯定？在該處裝上警鐘預防。」

「大壯，你喜歡坐儲物室做賬，莫非，有人張望你。」

「我有什麼好看。」

「我替你裝上窗簾。」

大壯忽然生氣，「我不怕任何人，要看儘管看，什麼都沒有，只得一條賤命。」

「大壯，你有妻有子，你的命可不賤。」

「我不會因任何恐嚇威脅而改變生活方式。」

「怎麼啦，吃了什麼藥，沒人要你變馴。」

「恩格斯，你最多疑。」

過兩天，伙計說：「長櫈又被放回原來位置，有夜貓在櫈下覓食，可見有人遺下食物屑。」

「攝影機拍到什麼。」

「我查看過，鄰店說是頑童不願回家，四處遊蕩。」

「這也就是了。」

「為什麼通宵不回家。」

田大壯知道，他回答：「因為沒有家。」

他想一想，吩咐廚房把賣剩的麵包包裝成一份份，放在長櫈上，任由取食。

領班說：「你可有聽過，市政廳不准餵野生動物。」

「那些是肚餓的孩子。」

領班攤手聳肩。

這件事放下了。

王興與阮升舉行簡單婚禮，到局裏註冊簽名作實，然後在家設簡單飯局。

繼母與兩個妹妹也在場，阮升生母坐在女兒身邊，一聲不響，一味夾菜，好像真的只是來吃一頓飽飯，她喜歡蛋糕甜品，叫人打包，然後提前告辭，王興一直送到樓下，命司機小心開車。

其中一個妹妹說：「我查過了，福布斯全球富豪財產估計，姐夫名字在榜上佔第九十八名。」

這個消息阮升還是第一次聽到，唯唯諾諾。

晚上，無人，她想起母親用心扒飯，專挑大塊雞肉咀嚼情形，不禁心酸，大約許久沒出來飲宴，已經無拘無束，只有吃飽飽，才不枉出來一場。

相反，她們三母女，好像什麼都沒下肚，一直在談笑風生。

殷律師應邀把照片傳給田大壯。

大壯凝視良久，伸出手指輕輕撫摸熒屏上阮升的面孔，他淚盈於睫。

妻子問他：「看什麼如此用神。」

「一個朋友婚照。」

「這是結婚好季節。」

黑天鵝酒吧後巷門外長櫈，總有人來取那些剩餘食物，先到先得。

凌晨兩時，一個瘦小街童無聲無息走到長櫈坐下，只見最後一份三文治剛被野貓叼走，不禁吁出一口氣。

天氣已經轉涼，他搓搓雙手，看到儲物室裏燈光已熄。

想一想，他索性手臂當枕頭，打橫睡下。

天不造美，下起細細雨。

她驚惶，把破帽與衣襟拉緊一點。

這時聽見有人輕聲說：「你還在這裏。」

他一驚，「誰！」

「連我都不記得。」

他抬頭看到一個黑衣人，「恩格斯。」

「你還不願離開這個城市，這家酒吧，警方正通緝你，你還不躲遠遠，你吃了虧還不學乖。」

街童用手掩面，開始哭泣。

「這裏已沒有你的份，你速速離了此地，從頭開始。」

街童不住飲泣。

「可是少了盤川？這裏，足夠你乘汽船到公海改搭什麼都可以。」黑衣人把一卷鈔票交她手中。

「別再花在藥物上。」

她嗚咽說：「我不甘心。」

「你想怎麼樣。」

街童自衣襟拉出一把亮晶晶四吋長匕首。

黑衣人吃驚，冷笑一聲，「你瘋了。」

「是，我已走投無路，一無所有。」

黑衣人惱怒，「胡說，你還有你自己，有手有腳，打扮一下，仍然是那個阿姬。」

街童一震，是，被黑衣人拆穿，他的確是阿姬，剪掉長髮，穿上破衣，借屍還魂，又摸回黑天鵝，夜深來回巡視，只想再走進酒館。

她在寒雨中打顫。

「阿姬，不要再來這裏，忘記大壯，挑一個合適的男人，成家與否，由你自主，大壯不適合你。」

阿姬輕輕說：「聽說他已結婚生子。」

「你消息靈通。」

「他好像變得行規步矩。」

「放他生路，等於釋放你自身，相信我，他傷害另一人，比你更多，為什麼人家看得開，願意放下，而你卻尾隨不捨，非得兩敗俱傷，啊，我說錯了，別忘記他有妻有子，你若傷害他，你一定逃不出警方羅網，那幼兒呢？那胎兒呢？他們又怎麼辦？」

阿姬發獃。

「你不是笨人，你自己衡量清楚，你可以找到生活，全球酒館都需要你這樣人才。」

阿姬只是不出聲。

黑衣人「吁」一聲嘆息，「累壞我，我從未試過說這麼多話試圖救一個人，通常一兩句點化，那人便心領神會，像阮升，三句足夠。」

阿姬忽然抬起頭，「你是誰！你不是恩格斯。」

「嘿，我有説我是老恩嗎，真好意思，那老頭起碼比我大一百歲，又醜又粗，他會如此關心你？」

「你究竟是誰，為什麼清楚我們的事。」

黑衣人雙瞳忽然發出精光，叫阿姬顫抖，「我是誰假使你至今還未明白就不必理，我只能幫你這麼多，仁至義盡，這次之後，我要放大假，稍釋勞累，我已被你們幾個人搞得頭昏腦脹。」

黑衣人站立，往後退，轉身走，腳步不是很快，但隨即消失雨霧中。

阿姬淒苦，渾身寒毛豎起，她遇着什麼？

走吧，此處沒有人與物值得留戀。

已經夠賤，再沉淪下去，即將變鬼。

她輕輕站起，不夠力氣，又再坐倒，啊，已經像一個幽靈，白天蜷縮在狗窩一般房間，晚上似孤魂般遊走。

再不自拔，就這樣完結。

她也曾是新生命，她見過兒時照片，糯米糰似小臉，相當可愛，被難得清醒的母親抱在懷中……

她又試一次，終於站立，雙膝發抖。

正想離去，一輛小跑車駛近，嗖一聲停在黑天鵝門前，一個苗條身影下車。司機是一個標致女，穿着火紅大露背衣裙，身段在黑暗中都顯得豐滿婀娜，她站在車旁，拿出電話，笑着説幾句。

誰，她找誰？

阿姬頓悟，她找田大壯，大壯還在屋裏。

啊，田大壯，你死性不改。

果然，黑天鵝門打開，田大壯出現。

他仍然只穿一件背心一條長褲，也不怕冷。

田大壯，叫她回頭，不要再傷害女子，請她回到丈夫子女身邊——

只見田大壯笑嘻嘻走近艷女，一把擁住，吻她之前略有猶疑，吻那裏才能打動她呢，是嘴唇還是鬢腳，這正是田大壯特性，曾經叫阿姬着迷。

終於，他選擇頸項，兩人笑聲更脆。

阿姬悲涼地舉起匕首。

本來已經放下，這一刻怒火無可抑止地上升，直衝腦門，她已不能控制自身。

鬼魅似趨近田大壯背部，用力把刀刃插進。

誰知電光石火間田大壯一閃，那女子手臂卻還纏住他，變成擋在她面前，來不及了，她替他擋了一刀。

田大壯大吼一聲，一掌把阿姬打在地上，「你！你陰魂不息。」

他扶起那女子，看到她腰間受傷，流血不止，他連忙召救護車。

他抱着痛苦昏迷女子，瞪着泥地上的阿姬，「你還不走，警察就快到。」

一言提醒阿姬，他有心救她，她爬着離開黑天鵝，一身髒泥，到路口，才蹣跚站起，聽到嗚嗚警車響號逼近。

阿姬，也消失在黑暗中。

殷律師把整件意外詳細告訴阮升。

阿升問：「那艷女可有生命危險。」

「沒有，雖然皮開肉爛，一身血，縫了數十針，但在急症室中，卻也稀鬆平常，她幸運，阿姬不是殺手。」

「阿姬呢。」

「由我找人安排，已經真正離開本市。」

「警方可有加緊追捕。」

「沒有。」

「什麼？」

「那女子告訴警方，整件意外是搶劫，劫匪得手逃去無蹤，她也那樣告訴她丈夫。」

「丈夫！」

「他是本市著名富商，姓唐，你不難猜到這個人，比她年長二十年，收買女子青春的人都應看看。」

阮升微笑，「不是各取所需嗎。」

「然而，如此骯髒買賣一定帶來負能量。」

「那女子沒事就好。」

「她遠赴比華利山矯形處理疤痕。」

「田大壯呢。」

「你終於可以隨口道出他的名字了。」

「是，像別人的噩夢一樣。」

「田大壯是罕見好漢，膽不驚，心不跳，至死不悟，反正有的是擋箭牌，黑天鵝照常營業，生意興隆。」

「他真是怪獸。」

「妖獸都會。」

「這種故事，不適合孕婦知道。」

「啊，升，恭喜你。」

「多謝你祝福。」

——阮升與田大壯故事結束

（無論以何種角度寫，這一女一男都沒能守在一起。阮升那樣愛大壯，都不能忍耐他永遠不忠；大壯視阮升如恩人，但他本性如此，喜歡聲色犬馬，命運大神也救不到他。

至於阿姬，她沒有好好瞭解情況，苦水浸到眼眉，但是到最後，阮升放下大壯，大壯也放過阿姬。

黑衣的命運大神可有幫到他們？

照大神自己的說法，勸到嘴都乾，眼淚快流出來，聽者藐藐，少有阮升那樣明敏，一點即明。命運大神以後會否袖手不理，還是未知數。）

阮升第一次懷男胎，第二次還生下孿生子，三年內家裏添了三名小過三歲的幼兒，可以想像她忙得多慌張。

有時三名孩子一起哭，她也惶恐流淚，保母也急得眼紅。

這時，她又懷孕。

對醫生說：「是否女兒都得做手術，再生下去會被社會恥笑。」

正在怨，一日，發覺剛學會蹣跚走路的大兒忽然站起，一聲不響，好奇地朝光亮的落地長窗走去，一小步一小步邁進。

僅具人類雛型的他只穿着白背心與短褲，赤腳，腿胖得一節節，腳背似鬆糕。

小兒走路極之有趣，小膝頭未曾發育健全，跨步似鴨子，一左一右搖晃，有一兩次，幾乎摔倒，又平衡下來。

阮升連忙取過攝錄機拍攝。

小小人一共走了三十二步，才到達窗前，他歡喜莫名，小小胖手貼到玻璃前，忽然哈哈笑出聲。

阮升被小兒的毅力感動，淚盈於睫，日常生活中所有艱難都丟一旁，值得嗎，值得。

那一天之後，她心思通明。

揹一個，抱一個，另外用手牽一個，第四名快要出生。

阮升同好友莉莉說：「在網上搜刮一下，看有無前後嬰兒背囊，如果沒有，你還記得設計電暖背心那班年輕人嗎，叫他們動動腦筋，做一件出來。」

莉莉目瞪口呆，四名！辦幼稚園差不多。

小女兒沒令阮升失望，一頭濃髮，面孔只像蘋果大小，已經會得做表情。

她名字叫王嬰，即王家貝貝女。

不過，阮升腹部已像袋袋。

她總算明白為什麼英人叫老婦為old bag。

殷律師探訪。

三兄弟正一字排開吃午飯。

每人一張高櫈，一碗糊一碟蔬菜幾片雞肉，孩子們用手抓，不是特別訓練，而是實在無法兼餵，任他們丟到一地，又一部份黏在頭上。

殷律師吃驚，「阮女士，你竟如此教育孩子！無法無天，當心他們將來。」

阮升不怒反笑，「你來教，我已三十多小時沒闔眼。」

「這還了得。」

她走近孩子們，「你，你，還不好好坐着吃，食物放嘴裏，不得胡鬧。」

三兄弟先是一怔，咦，這陌生女子是誰，隨即發現她豎眉瞪眼狀甚滑稽，忍不住胖手指指着呵呵大笑。

殷律師氣結。

保母連忙抱走三兄弟。

殷律師喝口茶靜下來。

她輕輕說：「阮升，田大壯又有新聞。」

這時另一名保母急急抱嬰兒走出，「貝女吐奶。」

阮升連忙接過拭抹哄撮。

殷律師凝視她。

這個阮升，已不是她起初認識那孤傲少女，她已完全向家庭子女投降，她把自身擱一旁，四肢雖勤勞操作，靈魂已經休息。

半晌，處理妥貝女，她才轉身問殷律師：「對不起，你剛才說什麼？」

她頭髮紮在腦後，一臉油光，衣衫被孩子弄髒，一股酸臭。

這時門一開，三兄弟大叫「爸爸，爸爸。」

王興回來了，真沒想到他全無架子，一邊笑一邊扛起孩子們，小兒如猢猻般掛在他身上，一直往園子走去。

他還不忘招呼殷律師。

這叫家庭樂，這像馬戲班。

阮升讓保母坐下喝杯茶。

她重拾話題，「你在說——」

殷律師輕輕接下去：「他又離婚了，洋妻帶着孩子一聲不響離去，娘家在丹麥。」

「啊，」阮升茫然問：「Who,What ?」

忙着收拾地上玩具。

殷律師先是一怔，然後，嘴角牽一下，一個微笑蕩漾開來。

她說：「沒有什麼。」

原本她還想說：那個阿姬，先到威海衛，接着，又轉往莫斯科，那裏，比巴黎倫敦還要熱鬧，她生活得不錯。

都戰勝劫數活下來。

快樂與否，又是另外一回事。

——全書完——

書名　　這是戰爭　　作者　亦舒

出版　天地圖書有限公司
香港皇后大道東109-115號
智群商業中心十五字樓
電話：2528 3671　傳真：2865 2609

香港灣仔莊士敦道三十號地庫／一樓（門市部）
電話：2865 0708　傳真：2861 1541

設計及插圖　Untitled Workshop

印刷　亨泰印刷有限公司
柴灣利眾街27號德景工業大廈十字樓
電話：2896 3687　傳真：2558 1902

發行　香港聯合書刊物流有限公司
香港新界大埔汀麗路36號
中華商務印刷大廈3字樓
電話：2150 2100　傳真：2407 3062

出版日期　二〇一七年七月／初版・香港

長篇 ■　　短篇 ●　　散文 ◆　　散文精選 ▲

亦 舒 系 列